AF351731

Isabelle Morot-Sir

# La Citadelle dans la Montagne

# Du même auteur

## Aux éditions Publibook

*À l'aube du soleil vert, 2003*
*La Fleur  bleue, 2004*
*Attention ! Un train peut en cacher un autre, 2005*
*El Matador, 2005*
*De lettres en lettres… Année 1912, 2006*
*Journal personnel et intime d'une nouvelle Zingara, 2007*
*El Matador 2, 2013*
*La Citadelle des Dragons, 2014*
*Le journal de Lorelei, 2014*
*El Matador 3, 2015*
*De lettres en lettres… année 1925, 2015*
*La fleur de l'ombre, 2016*

## Éditions Indépendantes

*Une histoire de coquelicot, 2017*

# La citadelle dans la montagne

## Isabelle Morot-Sir

Isabelle Morot-Sir, République Tchèque
http://le-coin-des-livres-d-isabelle.fr
Texte protégé, toute reproduction réservée
Couverture : Evan Leirah
Mise en forme : Jeanne Sélène
ISBN : 979-10-96202-16-4

"On ne doit mettre son espoir qu'en soi-même."
Virgile


Merci à mes garçons
qui m'ont encouragée à bâtir
ce monde,
à ma maman qui sans cesse traque avec
patience et opiniâtreté la moindre faute,
à mon chéri qui me supporte sans faillir,
à mes chats qui se relayent afin que je ne sois
jamais seule,
sans présence féline étalée sur mon clavier

Une brise, à peine un souffle, s'élevait au-dessus des plaines immenses écrasées de soleil, frôlant les longues tiges flexibles des hautes herbes jaunies par l'ardeur de l'été. Le vent ondoyait en une vague frémissante sur cette mer végétale, courbant sous sa main les tendres graminées. Papillons et coccinelles accompagnaient sa danse lente et légère, les ailes miroitantes dans la poussière ocrée délicatement soulevée.

Une rafale intrépide s'enroula plus avant, se heurtant à la dureté inexorable d'une muraille millénaire. La pierre grise, couverte d'un fin tapis de lichen bleuté, ne s'aperçut même pas du frôlement tenu : elle avait connu bien pire au cours des siècles écoulés ! Elle soutenait sans avoir jamais failli, la plus grande Citadelle que ce monde semblait avoir connue. Adossée à une montagne, énigme minérale et solitaire, dressée abruptement au milieu de ces plaines sans fin, la Citadelle se tenait là, forteresse inexpugnable bâtie sous la protection des derniers dragons.

Son sommet se perdant dans les nuages l'auréolant, la montagne était là, dominant l'océan mouvant d'herbes brûlées de soleil. Nul, même pas le vent ne pouvait se targuer de l'avoir ébranlée.

Troublant à peine le ciel de leurs vols étonnamment élégants, les dragons s'élançaient depuis l'Antre surplombant toute la Citadelle de sa gueule béante. Là-haut, entre ciel et terre ils étaient chez eux. Le monde des hommes n'était pas le leur, ils en étaient les protecteurs redoutables et redoutés, rien de plus. Leurs dragonniers séparés du reste de l'humanité par ce choix, partageaient cet exil volontaire, austères et effrayants gardiens de la Paix des hommes.

Depuis presque vingt ans la Paix régnait sur ces terres, permettant au peuple de prospérer sous l'œil toujours vigilant de leurs terrifiants protecteurs. Durant la dernière guerre ils avaient payé un lourd tribu à la mort, étalant par centaines les cadavres emmêlés des dragons et de leurs dragonniers, partageant ensemble leur ultime souffle. Toutefois leurs rangs s'étaient à présent restructurés : ils étaient à nouveau des milliers à parcourir l'azur, recouvrant de leurs ombres les plaines immobiles.

Beaucoup de jeunes, hardis et téméraires, trop hardis et trop téméraires rongeaient leur frein, voulant prouver à leurs instructeurs et à eux-mêmes toute leur vaillance et leur audace.

C'était encore le cas ce matin-là, en cette fin d'un été radieux et paisible. Trop paisible. Dans son bureau le Capitaine Tar'dva, maître et chef incontesté de tous les guerriers du Royaume, faisait face à un jeune dragonnier, qui les joues enflammées d'une colère tout juste contenue, lui tenait tête avec un aplomb et un courage qui aurait pu sembler admirable en une tout autre situation. À cet instant cela semblait suicidaire.

Pourtant le Capitaine dont la patience n'était pas la qualité première, se retenait avec de louables et visibles efforts. Les traits tendus, il crispa sa mâchoire sur une irritation qui allait crescendo faisant blêmir la cicatrice lui barrant le visage d'un trait indélébile, souvenir lointain d'une hache pirate. Il fixait son jeune interlocuteur de son regard obscur, s'efforçant de conserver son calme afin de ne pas lui assener les gifles qui lui démangeaient les mains. Il soupira intérieurement, songeant que lorsqu'il avait pris jadis le commandement des dragonniers, jamais il n'eut songé à se retrouver dans une telle situation. Le côté risible lui apparut soudain, faisant naître un court et fugitif sourire sur ses lèvres minces.

Cela ne fit qu'augmenter l'exaspération du jeune dragonnier qui, les mâchoires semblablement serrées sur une rage ne demandant qu'à jaillir, s'exclama :

— Cela vous fait rire ? Vâlvătaie et moi sommes prêts, pourquoi refusez-vous de le voir ?

Plongeant son regard sombre dans celui étrangement rouge, mouvant et embrasé d'éclats noirs et mordorés, Tar'dva lâcha abruptement :

— Vous n'êtes prêts ni l'un ni l'autre. Nous reparlerons de tout cela d'ici trois ou quatre ans, lorsque vous aurez pris tous deux en maturité.

— Je suis le meilleur archer du Royaume, que vous faut-il de plus ?

— Le poste d'éclaireur requiert bien plus que de savoir correctement toucher une cible avec une flèche. Tu n'as pas encore ces compétences.

— Vous ne nous avez jamais fait confiance ! Ni à moi ni à Vâlvătaie ! Parce que nous sommes trop différents ?

— Ça suffit ! Tu sais que ma décision n'a rien à voir avec ce que vous êtes ton dragon et toi. Tu n'as pas encore la carrure pour assumer une carrière d'éclaireur, rien de plus.

— C'est totalement injuste ! Vous m'avez toujours traitée différemment père, parce que je suis la première dragonnière ?

S'efforçant au calme, Tar'dva la considéra avec agacement : elle était si semblable à ce qu'il était au même âge, bien qu'une rage presque désespérée qu'il n'avait jamais éprouvée, semblât l'habiter toute entière.

— Tu n'es pas la seule dragonnière, Nor', la première c'est ta mère dois-je te le rappeler ?

— Ma mère est beaucoup de choses, la Gardienne du Crystal, l'Héroïne qui sauva notre monde, la dragonnière du dernier dragon de Feu, mais elle n'est pas une combattante. J'en suis une.

— Tu as encore beaucoup à apprendre, et la modestie sur tes faibles talents vient en tête !

Avant que la jeune fille puisse répliquer, Tar'dva poursuivit d'un ton glacé qui n'appelait plus aucune contestation :

— Un mot de plus et je te mets aux arrêts. Tu n'as pas les compétences pour être éclaireur Maître Archer Nor', point final.

Le visage livide, ses yeux tout à coup enflammés d'un rouge sanglant, elle s'écria en s'efforçant de maîtriser les sanglots qui l'étouffaient :

— Père !

— Capitaine Tar'dva Maître Archer ! Rompez à présent.

Quelques instants elle soutint le regard froidement obscur de son père avant de finalement se résoudre à le saluer d'un poing fermé sur la poitrine, s'efforçant à ne pas trembler. Puis tournant les talons avec cette étrange souplesse qui n'était pas sans rappeler celle de Tar'dva, elle poussa la porte, sortant du bureau avec autant d'aplomb que sa colère le lui permettait.

Contactant mentalement son dragon, elle se rasséréna en ressentant sa chaude présence dans son esprit. Quoi qu'il se passe elle ne serait jamais seule : Vâlvătaie était là.

Sans même prendre garde à ceux qu'elle croisait ou bousculait dans l'immense corridor, parcourut par des dizaines de dragons et leurs dragonniers de tous âges, elle se précipita vers l'immense plateforme d'envol qui s'étendait devant l'Antre, surplombant la Citadelle. Elle courut retrouver son dragon, non sans avoir récupéré au passage son arc et son carquois. À l'instant où elle déboulait sur le vaste parvis, Vâlvătaie grogna, étirant son cou démesuré vers elle. Passant les bras autour de son mufle elle appuya un instant sa tête contre lui, ressentant la délicatesse soyeuse de ses écailles, la tiédeur de son souffle qui l'enveloppa toute entière.

Cet abandon ne dura cependant qu'une fraction de seconde, aussitôt elle se reprit, terrifiée de montrer la moindre faiblesse. Pourtant la colère et la frustration concurrençaient la peine et l'humiliation en un maelström qui lui dévastait le cœur et l'âme. Pourquoi son père doutait-il tant d'elle ? Pourquoi ne pouvait-il pas lui faire confiance, pour une fois ? Était-ce trop demander ?

Soudain un grand dragon aux écailles aussi brillantes que l'azur, atterrit dans un tournoiement de poussière tandis que son dragonnier à la haute silhouette solidement découplée, sautait souplement sur le roc gris.

En l'apercevant le cœur de Nor' battit un peu plus vite tandis qu'elle se retenait de pousser un soupir de soulagement. Attrapant l'une des crêtes rouge sombre de Vâlvătaie, elle se hissa d'un seul mouvement sur son encolure serpentine. Ils s'avancèrent au-devant du grand dragonnier. Lorsqu'ils parvinrent à sa hauteur, elle jeta abruptement, sans même le regarder :

— Retrouve-moi là où tu sais.

Puis le mince et longiligne dragon rouge s'élança du haut du parvis, se laissant tomber comme une pierre avant de se rétablir d'un habile et bref coup d'ailes. Le dragonnier les considéra une longue minute, le visage fermé, les suivant de son regard du même bleu que le ciel de ce jour d'été. Sa dragonne le poussa du bout du museau tout en lui décochant un coup d'œil amusé et complice. Elle comprenait tout de ses réticences, tout de ses tourments, n'ignorant rien des sentiments qui lui rongeaient l'âme et le cœur.

— Qu'attendons-nous ? fit-elle dans cet échange télépathique secret que seuls dragonnier et dragon pouvaient entretenir.

Il frémit, souhaitant tout à la fois résister et s'élancer après la jeune dragonnière. Sans plus réfléchir, il enfourcha le cou solide de sa dragonne. Elle se jeta aussitôt à la poursuite du fin dragon rouge. Profitant de chaudes ascendances, ils survolèrent rapidement les longues plaines aux herbes jaunies par le soleil de l'été, avant de parvenir à un paysage de plateaux ocrés s'étirant jusqu'à de lointaines montagnes.

Ils passèrent, ombre gigantesque et terrifiante, planant sans bruit au-dessus de massifs cailbuteux. Puis, virant sur une aile, la dragonne couleur d'azur frôla la surface étale d'un lac aux eaux minérales avant d'atterrir dans un nuage de sable sur une courte plage. Vâlvătaie l'avait devancée, comme toujours. Elle grogna pour la forme, il lui répondit avec goguenardise tandis que se laissant glisser au sol, le dragonnier cherchait Nor' du regard. Sans plus se préoccuper des affaires de leurs humains, les dragons décollèrent avec un parfait synchronisme, partant joyeusement chasser.

Resté seul, le dragonnier repéra enfin un bref mouvement dans l'eau, tandis qu'il remarquait en même temps les vêtements laissés épars sur le sable blanc. Il s'exhorta à respirer, à reprendre le contrôle de lui-même bien qu'il sache que c'était d'ores et déjà peine perdu. Tandis que le sang lui battait les tempes, il s'imaginait rappeler sa dragonne et s'envoler avec elle, rentrer à la Citadelle, oublier l'emprise de Nor', la laisser simplement là. Seule.

Mais tandis que ses pensées s'égaraient, la jeune fille s'avança vers lui, nue, désarmante. Son corps gracile ruisselait d'une eau fraîche, scintillant en milliers de gouttelettes. Elle marcha vers lui d'un pas ne semblant qu'à peine effleurer le sable, alors que ses yeux s'éclairaient de lueurs mauves. Il ne pouvait plus ni respirer ni réfléchir. Menacé de se laisser submerger par son sang de dragon, il ne fit aucun geste. Toutefois il ne pouvait détacher son regard d'elle. Son cœur par moitié celui d'un dragon battait à tout rompre. Lentement elle tendit la main, une main fine et si petite qu'on aurait dit celle d'une enfant, vers sa lourde veste en cuir noir, détachant un à un les boutons rutilants avant de la laisser tomber au sol. Glissant ses doigts mouillés sous sa chemise d'uniforme, elle effleura son ventre plat, remontant lentement ses mains sur son torse qu'elle sentait trembler imperceptiblement. Avec un bonheur qui la fit presque défaillir elle respira son odeur, chaude, rassurante, retrouvant la familiarité apaisante de ce corps qu'elle connaissait peut-être encore mieux que le sien.

Alors avec la violence d'un barrage qui se rompt, il se laissa emporter par la vague de ses instincts dragonniques. Refermant brutalement ses bras sur elle, il l'attira un peu plus contre lui, tandis qu'il lui prenait les lèvres en un baiser sauvage qui était presque une morsure. Elle gémit, mais habitée par la même folie, elle le lui rendit presque aussi rudement.

Le soleil déclinait à l'horizon, inondant les plaines d'un chatoiement orangé, lorsqu'ils reprirent enfin pied dans la réalité. Il la contempla quelques secondes, lascivement étendue contre lui, son corps menu épousant le sien avec une troublante perfection. Les sens apaisés, mais ses pensées aux abois, il se redressa, la faisant protester. Elle posa sur lui un regard d'un mauve étonnamment limpide, saisissant de clarté. Cherchant doucement sa bouche de la sienne, elle se coula un peu plus contre lui afin de prolonger le moment quelques secondes encore.

Mais il la repoussa, peut-être plus froidement que voulu, et se leva. Il attrapa son pantalon en cuir, le passa, cherchant du regard où le reste de son uniforme avait bien pu se perdre.

Une chape glacée lui tombant sur le cœur, Nor' le considéra une seconde tandis que les derniers rayons du soleil soulignaient sa musculature, sa haute taille et la blondeur de ses cheveux courts à la coupe réglementairement.

Finalement elle se releva, s'approchant de lui, le regard soudain empli de brumes :

— Qu'est-ce que tu as ?

Il serra les lèvres, sans répondre, préférant apporter toute sa concentration à mettre ses bottes.

— Sky !

Contre son gré il releva la tête, croisant le cœur serré, son regard aux couleurs mouvantes qu'il avait trop bien appris à décoder avec le temps. Sans même qu'il le veuille il plongea son regard dans le sien, lisant dans son âme sa peine et sa colère. Furieuse, elle détourna la tête, se refermant sur elle-même, comme toujours.

— C'est plutôt à toi de me dire ce qu'il y a, répliqua-t-il sourdement.

— Rien qui ne soit ton affaire, rétorqua-t-elle avant de se tourner afin de récupérer ses propres vêtements d'uniforme. Elle enfila furieusement sa chemise, lorsque lui saisissant le bras, il la fit brusquement pivoter afin qu'elle lui fit face.

— Bien évidemment, rien de ce qui te concerne ne me regarde n'est-ce pas ?

Elle haussa les épaules, serrant les mâchoires en un geste qui la faisait tant ressembler à son père, mais ne répondit rien d'autre qu'un coup d'œil cinglant. Sans même y prendre garde il referma un peu plus fort sa main sur son bras tout en lâchant :

— Quand comprendras-tu que je veux plus ? Plus que seulement faire l'amour avec toi... Quand comprendras-tu que cela ne suffit pas ? Parle-moi, dis-moi ce qui te tourmente à ce point...

Cependant avec une vivacité stupéfiante elle lui prit le poignet, le retournant dans une prise qui le força à la lâcher. Sans même avoir besoin d'y réfléchir il lui saisit son autre main, la lui bloquant en une torsade douloureuse qui la fit grimacer.

— Ne joue pas à ça Nor', s'il te plaît.

Puis il la libéra, espérant sans vraiment y croire, qu'elle s'ouvrirait à lui et lui confierait enfin autre chose que seulement son corps. Mais comme toujours elle se mura sur elle-même, lui tournant le dos afin d'achever d'enfiler sa chemise. Sans même le vouloir ni l'avoir prémédité, il murmura, les mots coulant d'eux-mêmes avec un naturel qui le surprit le premier :

— Je t'aime Nor', laisse-moi être avec toi. Laisse-moi t'aider. Laisse-moi t'aimer vraiment...

Il vit sa nuque se raidir, ses épaules se contracter preuve qu'elle avait entendu, néanmoins elle continua à s'habiller presque fébrilement. Doucement il posa une main sur l'une de ses épaules, l'attirant contre lui. Il se pencha vers elle, effleurant la peau fragile et tendre de sa nuque, respirant son arôme qui l'enivrait, le grisant plus qu'aucun alcool ne l'aurait fait. D'une voix basse, un peu rauque il fit :

— Tu as entendu ce que je t'ai dit ?

Elle se dégagea brutalement, jetant sans même se retourner :

— J'ai parfaitement entendu ! Mais les dragonniers n'ont pas d'histoire d'amour, leur seul amour c'est celui qu'ils ont envers leur squadron.

Furieux il lui fit faire volteface, cherchant à apercevoir quelle vérité ses yeux lui avoueraient. Mais elle détourna la tête, sachant depuis longtemps éviter que son regard la trahisse. Une colère sourde qu'il couvait depuis des mois menaça d'exploser. Il avait beau être le plus calme et le plus posé de tous les dragonniers, il n'en restait pas moins un. D'un ton presque métallique, il lança :

— Et tes parents ? Que sont-ils ?

Elle ne répondit rien. Elle se dégagea simplement, enfilant sa lourde veste en cuir ornée du symbole de sa maîtrise : un arc à la flèche encochée.

Secouant la tête, presque désespéré par son mutisme, il s'exclama :

— Pourquoi t'obstines-tu à vouloir n'être que la caricature de toi-même ou de celle que tu crois que tu devrais être ? Pourquoi ? Pour ton père ? Il n'exige pas que tu sois ainsi, personne ne te le demande !

Comme piquée, elle se tourna vers lui avec une vivacité qui n'avait rien d'humaine :

— Laisse mon père en dehors de ça ! Il n'a rien à voir avec mes décisions !

— Il a tout à voir justement ! Tu t'imagines que les autres, ton père surtout, attendent de toi une attitude particulière, qu'il te faut prouver à chaque instant que tu es digne d'être qui tu es. C'est faux Nor' ! Je te connais, j'ai vu ton âme et tu n'es pas celle que tu t'obstines à vouloir paraître...

D'un geste furieux elle ramassa ses gants en cuir clouté, les passants à sa ceinture, avant de finalement lâcher entre ses dents serrées :

— Tu ne comprends rien !

— Ce que je comprends Nor' ? C'est très simple, la prochaine fois que tu me siffleras comme un chien, je ne viendrai pas.

Elle accusa le coup, se donnant une contenance en prenant son casque qu'elle secoua du sable qui s'y était logé. Dans la pénombre il ne vit pas ses mains trembler...

— Comme tu veux. Bien d'autres seront très satisfaits de prendre ta place, sois en certain !

Sans lui jeter le moindre regard, elle s'élança sur l'encolure serpentine de Vâlvătaie, alors qu'il passait en planant en rase-mottes au-dessus de la plage. Furieux après elle, après lui-même il la suivit du regard, petit point sombre disparaissant peu à peu dans le soleil couchant.

Finalement la nuit vint, il se tourna vers sa dragonne couchée paisiblement à ses côtés, caressant lentement ses écailles aussi douces que de la soie. Il hocha la tête : il était plus que temps de rentrer.

Le lendemain lorsqu'il s'éveilla, Nor' et Vâlvătaie n'étaient pas revenus. Il se rendit au nid de sa dragonne, une sourde inquiétude lui étreignant le cœur. La même angoisse se reflétait dans le regard d'ordinaire si limpide de Lyra. Posant une main sur sa musculeuse encolure, il fit pour elle seule :

— Peux-tu contacter Vâlvătaie ?

Elle grogna, non pas contre lui, mais seulement d'agacement :

— Je n'ai pas cessé. Il refuse de me répondre. Il est plus buté qu'un iguane.

Il poussa un bref soupir de soulagement : cela signifiait qu'ils étaient vivants, même si sa dragonnière et lui boudaient quelque part !

Partageant sa pensée, sa dragonne acquiesça :

— Ils reviendront tôt ou tard, ne t'inquiète pas. Et puis que veux-tu qu'il lui arrive ? Elle a Vâlvătaie avec elle...

Il approuva, bien qu'une étrange anxiété ne cessât de le lanciner. La journée passa, la nuit survint : le demi-dragon de feu n'était toujours pas réapparu... Au lendemain matin, alors qu'ils n'étaient toujours pas là, le Capitaine commença à montrer les premiers signes d'inquiétude : il organisa des patrouilles chargées de retrouver les disparus.

Les dragons se relayèrent afin de contacter Vâlvătaie, néanmoins bien qu'ils puissent le toucher télépathiquement ce dernier restait fermé, refusant de leur répondre. Une nuit s'écoula encore, à l'aube nulle trace du dragon rouge. Sky sollicita le droit de participer aux recherches lui aussi, mais le Capitaine le renvoya d'un simple geste irrité : il était un éclaireur ? Non ? Alors qu'il retourne à son poste !

En fin de journée les patrouilles étaient toutes bredouilles, mais pire encore tous les dragons cessèrent brutalement de percevoir Vâlvătaie… Il n'était pas mort sans quoi chaque dragon l'eut ressenti, il avait tout simplement disparu. Aussi incompréhensible que ce soit c'était ce qu'il était arrivé : Vâlvătaie et Nor' s'étaient comme évaporés de la surface de ce monde.

L'inquiétude de Sky se mua en peur, ses pensées ne cessant de tournoyer, il se repassait en boucle leur ultime rencontre qui s'était transformée en dispute. Il ne comprenait ni quels étaient les problèmes que Nor' semblait supporter, ni si cela avait à voir avec sa disparition. Cependant une chose était claire pour lui : elle avait sciemment disparu. Cette pensée seule le rendait fou, fou de rage, d'inquiétude et de peine. La nuit venue, il se tourna et se retourna dans son lit, au milieu du dortoir qu'il partageait avec cent autres dragonniers : son squadron qui pour l'heure ronflait en un concert irritant. Sans bruit il passa son uniforme, sortant prendre l'air sur l'immense parvis. La nuit était claire, illuminée par l'éclat des étoiles. Il respira lentement, s'efforçant de faire refluer cette inquiétude qui lui broyait le cœur, espérant que quelque part Nor' soit là sous ce même ciel. Pour la millième fois il songea à leur dispute, se rappelant sans le vouloir l'odeur fragile de sa peau, sa douceur sous sa main et la limpidité de son regard lorsqu'il la tenait dans ses bras. Lentement il se frotta la nuque, effaré et furieux par son impuissance. Si lui ne la retrouvait pas, qui le pourrait ?

L'esprit embrouillé il resta un moment à contempler pensivement le spectacle de la nuit, lorsque tournant brusquement les talons il se rendit au pas de course à la salle des cartes : son lieu de prédilection. Fébrilement il chercha une planisphère des environs de la Citadelle, une idée lui traversant l'esprit, pour l'heure aussi fragile qu'une flamme vacillante dans l'obscurité.

Hâtivement il étala la carte sur la longue table prévue à cet effet, se saisissant d'une règle il entreprit de calculer la place du soleil couchant par rapport à la position du lac. Une fois fait il traça une droite : celle-ci l'amenait directement à la longue barrière rocheuse qui ceinturait le royaume. Un frisson d'effroi le transperça lorsqu'il réalisa qu'il savait avec une certitude absolue où Nor' était partie et pourquoi. Il secoua la tête, plia soigneusement le document avant de remettre de l'ordre dans son uniforme, puis sortit de la salle. Sans même se préoccuper de l'heure, il parcourut l'immense corridor, se précipitant vers l'appartement privé du Capitaine.

Vérifiant machinalement l'ordonnance de sa veste, il toqua fermement à la porte. On lui intima sèchement d'entrer, ce qu'il fit non sans appréhension. Il se morigéna : allons il n'était plus un jeune première classe qui tremble devant le terrible Capitaine au dragon noir ! D'un pas ferme il s'avança dans la petite salle, seulement éclairée par les lueurs d'un feu agonisant. Il salua son supérieur d'un genou à terre et d'une nuque courbée.

— Relevez-vous Maître Sky et dites-moi ce que vous voulez à une heure pareille.

Lentement il se redressa, considérant alors son supérieur, qui les bras croisés lui faisait face le visage tout sauf amène. Tar'dva le mythique Capitaine, le maître du gigantesque dragon noir l'avait toujours impressionné. Pourtant à le regarder à présent il discernait ses traits tirés, sa fatigue et sa propre inquiétude, comme un reflet de la sienne.

— Capitaine je sais où est Nor'.

Un éclair scintilla dans le regard sombre de son supérieur, tandis qu'apparaissait par l'entrée extérieure le mufle puis la tête entière de Morkeleb son dragon, le même éclat dangereux brillant dans ses yeux d'onyx.

— Que dis-tu ? gronda sourdement son Capitaine.

S'efforçant de ne pas perdre son sang-froid, Sky soutint le regard de l'officier tout en affirmant :

— J'ai bien réfléchi, à présent je sais exactement où elle est allée.

Tout à coup une voix à l'accent étrangement musical s'exclama :

— Où est-elle ? Dites-le !

Il se tourna, apercevant alors Mona, la Gardienne du Crystal : la mère de Nor'. Elle tendait vers lui son visage fin, délicatement ciselé qui lui fit brutalement penser à Nor'. Jamais encore il n'avait remarqué combien elles se ressemblaient : la même silhouette gracile, la même finesse d'ossature leur conférant une sorte de fausse fragilité, la même délicatesse de traits. Il vacilla une fraction de seconde, récupérant néanmoins son aplomb en faisant appel à toute sa discipline. Il déglutit puis fit d'un ton ferme :

— Domna Mona, je sais où est partie Nor'. Laissez-moi vous montrer.

Avisant une table au milieu de la pièce, il poussa les objets qui l'encombraient pour y étaler soigneusement sa carte. Allumant un bougeoir, le Capitaine le considéra soudain avec un intérêt grandissant.

— Expliquez-nous ça Maître Sky.

— Il y a trois jours elle s'est envolée depuis ce point vers le soleil couchant. Si vous tirez une droite elle va directement à la Cordillère. C'est là-bas qu'elle est, expliqua-t-il tout en leur montrant la carte.

— La Cordillère ? chavira la voix de Mona. Vous devez vous trompez, nul n'a pu la franchir, nul n'est revenu vivant, ces montagnes sont trop hautes, c'est de la folie ! On ne sait même pas s'il existe quoi que ce soit derrière ! Vous vous trompez...

— Attends Mona, reprenons déjà par le commencement, l'interrompit le Capitaine, non sans poser l'une de ses mains sur la sienne, la lui serrant doucement en un geste étonnamment tendre.

Elle le regarda en hochant la tête.

— Vous dites Maître Sky qu'elle était au lac Rouge il y a de ça trois jours. Comment le savez-vous ?

Sky se troubla, hésita une seconde avant de lâcher brusquement :

— Parce qu'elle y était avec moi...

Tar'dva pâlit brutalement ce qui souligna la cicatrice barrant son visage. Il s'approcha de Sky, des lueurs meurtrières transperçant son regard noir.

— Vous dites ?

Son ton était d'une froideur mortelle, mais Sky ne baissa pas les yeux. Carrant les épaules, il soutint le regard de son supérieur, espérant ne rien montrer de sa peur. Par chance il était presque aussi grand que l'immense Capitaine ce qui lui permit de ne pas avoir à lever la tête vers lui :

— Nous nous sommes retrouvés au lac, Capitaine, cela nous arrive...

— Vous et… ma fille ! s'étrangla Tar'dva, se retenant de justesse pour ne pas bondir sur son subordonné.

— Je n'ai pas à me justifier devant vous pour ça, je ne serais d'ailleurs pas venu vous en parler si je n'avais pas jugé que ce soit capital pour permettre de la retrouver, jeta Sky froidement.

— Tar'dva calme-toi, s'exclama Mona avec irritation, tout en lui posant une main sur un bras. Nor' n'est plus une petite fille même si tu sembles ne pas l'avoir remarqué. Dites-nous ce qui s'est passé Maître Sky.

— Oui Domna Mona. Nor' m'a demandé de la rejoindre au lac, elle y était déjà lorsque je suis arrivé. Elle était furieuse, bouleversée et…, il hésita, avant de faire un ton plus bas : elle cherchait un peu de réconfort…

À ces mots le Capitaine serra si fort les mâchoires que ses dents grincèrent sinistrement tandis que Mona levait un sourcil atterré avant de faire :

— Euh oui bon, passez nous les détails !

— Bien sûr Domna, en fait pour finir nous nous sommes disputés, le soleil se couchait elle a sauté sur Vâlvătaie et ils se sont envolés.

— Vous vous êtes disputés ? Est-ce à cause de ça qu'elle serait partie de cette façon ?

Il secoua la tête :

— Non Domna, cela a dû y contribuer, mais ce n'est pas la raison première. Il s'est passé un événement juste auparavant qui l'a vraiment secouée, elle était à la fois en colère et terriblement abattue.

— Vous a-t-elle confié quelque chose à ce sujet ? Elle vous a sans doute dit ce qui s'était passé ?

— Oh non Domna… Nor' n'est pas très bavarde. Il rougit imperceptiblement tout en ajoutant : Nous ne discutons pas beaucoup… À tout vous dire c'était la raison de notre dispute. J'aimerais qu'elle me parle, mais cela semble impossible… Elle… Elle veut sans cesse prouver qu'elle est digne d'être un dragonnier, digne de vous Capitaine.

S'appuyant à deux mains à la table, Tar'dva prit une profonde respiration, puis murmura :

— Je sais pourquoi elle était hors d'elle. Elle est venue me demander de la nommer éclaireur. J'ai refusé. Elle est trop jeune. Trop inexpérimentée, et puis c'est bien trop dangereux ! Les éclaireurs sont seuls, ne pouvant compter que sur eux-mêmes afin de remplir les missions du Roi. Il est hors de question qu'elle occupe ce poste !

Sky pâlit, n'imaginant que trop bien les réticences de Tar'dva. Cependant cela ne faisait que confirmer hélas sa théorie : Nor' était partie afin de leur prouver à tous sa valeur, puisqu'on lui refusait tout autre moyen de le faire…

— Vous avez-vous-même été éclaireur Capitaine, n'est-ce pas ?

— Oui bien sûr, mais…

— Elle veut vous démontrer qu'elle est aussi courageuse et vaillante que vous.

Tar'dva le considéra avec effarement :

— Elle n'a rien à me prouver ! Elle est ma fille !

— Je le lui ai dit Capitaine, mais cela l'a rendu encore plus furieuse. Alors... Je pense qu'elle a dû se mettre en tête d'accomplir un exploit. Quelque chose que nul n'a réussi jusqu'à présent.

— Comme vaincre la Cordillère..., acheva Tar'dva.

— Oui quelque chose comme ça...

Avec une vivacité de cobra, Tar'dva le saisit à la gorge tout en hurlant dans une sorte de feulement qui dévoila ses dents de loup :

— Pourquoi ne l'avez-vous pas empêchée ? Pourquoi ne pas l'avoir suivie ?

Lorsqu'un rugissement féroce l'interrompit net :

— Laisse-le ! gronda Morkeleb. Il n'y est pour rien. Il est tout aussi effondré que tu l'es. Il l'aime tu n'as pas compris ça !

Tar'dva jeta un coup d'œil à son dragon avant de relâcher abruptement sa prise. Sky faillit tomber, il se raccrocha à la table tout en reprenant sa respiration avec difficulté. Il aurait pu se défendre, son épée à la garde ornée d'un saphir battait à sa jambe, pourtant il eut préféré mourir plutôt que de lever la main contre son Capitaine. Les dragonniers ne connaissaient pas l'insubordination, seule Nor' semblait l'avoir inventée.

Frappant la table de son poing, Tar'dva se tourna vers le dragonnier, le jaugeant sans mot dire.

— Tar'dva ! Morkeleb a raison, passer tes nerfs sur ce garçon ne servira à rien ! s'écria Mona en s'interposant entre les deux hommes. Dans l'échancrure de sa longue chemise de nuit, le Crystal rouge sang jetait des lueurs si vives qu'elles semblaient embraser toute la salle.

— Dis-moi plutôt pourquoi plus aucun dragon ne peut contacter Vâlvătaie. Qu'est-ce qui pourrait bloquer leurs facultés télépathiques ?

Tar'dva la regarda, se perdant quelques instants dans ses yeux marins, avant de faire d'une voix presque douce :

— Je l'ignore. Cela n'est jamais survenu…

Elle pâlit brutalement, lorsque la prenant dans ses bras sans plus se préoccuper de la présence de Sky, il poursuivit à sa seule attention.

— Une montagne peut sans aucun doute en être la cause, si elle a trouvé le moyen de passer d'autres le pourront aussi. Fais-moi confiance.

Mettant brusquement un genou à terre, Sky s'exclama :

— Capitaine, permettez-moi d'y aller, ma dragonne Lyra, est l'une des plus fortes du Royaume. Nous trouverons Nor'.

Tar'dva laissa échapper un soupir excédé, malgré tout il s'approcha du dragonnier agenouillé posant brusquement sa main droite sur sa nuque courbée.

— Premier Maître Tacticien Sky, Maître de la Bleue Lyra je te nomme Grand Éclaireur du Roi de par les droits qui me sont accordés. Relève-toi Éclaireur.

Lentement Sky se mit debout, les mains légèrement tremblantes. D'un poing fermé, rabattu sur sa poitrine, il salua son Capitaine, le visage résolu et la voix non moins fermement décidée:

— Je ramènerai Nor' Capitaine. Domna Mona je ne reviendrai pas sans votre fille, vous avez ma parole.

Claquant sèchement des talons, il sortit, réfléchissant déjà à ses préparatifs de départ. S'il voulait partir avec le petit jour il devait se hâter ramponnée aux longues crêtes de Vâlvătaie, Nor' se laissa emmener par son dragon, se faisant violence afin de ne pas lui demander de repartir vers la plage, retrouver Sky, se jeter dans ses bras et le supplier de lui pardonner. Tout lui pardonner. Mais les dents serrées sur sa colère, ne sentant même pas les larmes couler sur ses joues, elle laissa Vâlvătaie voler droit devant lui dans les derniers rayons du soleil couchant.

L'esprit vidé elle se laissa juste emporter par la griserie du vol, par l'ivresse du vent sur son visage, par les battements lents et amples des ailes de Vâlvătaie, par la force de ses muscles qu'elle sentait comme un prolongement même de son propre corps. Comme toujours, voler lui apporta un peu de sérénité, même si sa colère restait vive, palpitante.

Quand décida-t-elle de tenter le passage de la montagne ? Elle ne le sut jamais vraiment. L'idée s'imposa d'elle-même, comme une évidence. Tous semblaient douter d'elle, de son dragon, tous à commencer par son père en passant par son squadron, et même Sky… Ils verraient ce que Vâlvătaie et elle étaient capables de faire. C'était une bravade, elle en fit un but. Elle savait qu'en agissant ainsi elle faisait preuve de désertion, mais pas une fois cette pensée ne l'arrêta. Il lui semblait qu'aucun retour n'était possible, pas dans ce genre de circonstances. Lorsque les dragons commencèrent à harceler Vâlvătaie de leurs appels de plus en plus alarmés, cela ne fit que la conforter dans son but. Ils n'avaient pas le choix, ils devaient réussir là où tous avaient échoué.

Au matin du troisième jour de leur périple, après s'être fait héberger chez quelques fermiers tenus d'offrir aide et assistance aux dragonniers du Roi, ils parvinrent enfin au pied même de la Cordillère. Elle les écrasait de sa masse, les tenant dans son ombre glacée tandis que son sommet aux neiges éternelles se perdait plus haut que les nuages. Les légendes disaient qu'il touchait les étoiles...

Nor' frissonna, refusant néanmoins de se laisser impressionner. Vue d'aussi près la montagne avait un côté sombre, presque maléfique.

— Qu'en penses-tu, chuchota-t-elle en caressant doucement l'encolure serpentine de Vâlvătaie. Il leva la tête et la secoua en lâchant un court jet de flammèches qui embrasèrent un buisson rabougri.

— Qui ne tente rien n'a rien. Essayons. Aucun de ceux qui ont échoué n'avait un dragon aussi rapide et léger que moi.

Elle hocha la tête, boutonna soigneusement sa veste et enfila ses gants en cuir. Puis Vâlvătaie s'élança. Il commença son ascension en montant paisiblement en cercles afin de garder ses forces. Cela dura des heures, plus ils montaient plus le froid se faisait vif tandis que la faible pression atmosphérique leur donnait l'impression de manquer d'air.

Lorsqu'ils entrèrent dans la masse compacte de nuages, Vâlvătaie cessa de cercler, exhortant Nor' à se cramponner. Il fila aussi droit et rapide qu'une flèche, aidé pour une fois par son étrange carrure longiligne et serpentine. Tous ses sens aux aguets il percevait les rochers escarpés dissimulés dans la touffeur brumeuse des nuages, tandis que les poumons en feu il continuait son ascension, redoublant d'efforts et de vitesse. La montagne semblait sans fin. Ses muscles mal oxygénés ne répondaient plus avec la même efficacité, les mains de Nor' glissaient sur son cou sous l'effet terrifiant du froid et du manque d'air. Mais il fallait encore monter, aller au-delà des limites, ou mourir.

Avec une rage décuplée par la peur, Vâlvătaie creva enfin la masse des nuages. Ils jaillirent dans la lueur presque aveuglante du soleil. La montagne était toujours là semblant les défier en riant. Pourtant Nor' exhorta Vâlvătaie à continuer, plus haut là-bas la neige ne semblait plus scintiller. Serait-ce la fin de la Cordillère ? Ou bien victimes d'hallucinations allaient-ils tomber et s'abattre sur les flancs de la montagne, s'y brisant comme tous les autres avant eux... Dans un ultime rugissement, le fin dragon rouge s'élança encore plus haut. Crachant une longue flamme furieuse il fit exploser la neige et la roche, décapitant alors le sommet qui alla s'écraser des milliers de mètres plus bas. À demi gelés et asphyxiés ils roulèrent du côté opposé de la Cordillère. Les ailes de

Vâlvătaie, lourdes de glace, ne fonctionnaient plus. Ils tombèrent alors même qu'ils avaient réussi.

Nor' reprit conscience presque brutalement. Elle était allongée dans une obscurité profonde et chaque centimètre de son corps semblait lui offrir une souffrance particulière. Elle tenta de se redresser, mais ce fut impossible, ses membres ne lui répondaient pas. Son cœur battait à tout rompre lorsqu'elle perçut enfin la présence de Vâlvătaie qui dormait pas très loin d'elle. Elle en fut si heureuse qu'un bref sanglot de soulagement lui échappa. Aussi impensable que ce soit, ils étaient vivants. Elle retomba presque aussitôt dans des limbes épais, et c'était presque mieux ainsi.

Elle ouvrit à nouveau les yeux, mais n'aperçut que de lourdes ténèbres. Serait-elle devenue aveugle ? Était-ce le prix à payer pour avoir défié la Cordillère ? Les légendes affirmaient que celle-ci avait été érigée par les dieux descendus des étoiles, grâce aux corps de géants de pierre qu'ils auraient annihilés au cours d'une sanglante guerre, empilés jusqu'à former une barrière infranchissable entre le monde des hommes et celui des monstres. Était-ce la vérité ? Hier encore elle en aurait ri, mais aujourd'hui, elle n'était plus si certaine de savoir démêler le vrai du faux. Épuisée elle sombra dans l'inconscience.

Lorsqu'elle s'éveilla à nouveau, elle papillonna des paupières, stupéfaite de percevoir une vive luminosité. Ouvrant brusquement les yeux elle bondit d'une joie délirante en réalisant qu'elle avait recouvré toute sa vue. Son corps ne la faisait plus autant souffrir. Elle se redressa en grimaçant, ayant néanmoins l'impression d'avoir mille ans. Elle regarda avec curiosité autour d'elle, constatant qu'elle était couchée dans un lit confortable, couvert de douces couvertures en laines multicolores. La pièce était petite, admirablement propre, décorée avec goût de tapis tressés aux couleurs vives, de tentures aux murs, d'une table méticuleusement cirée ornée d'un vase contenant un opulent bouquet de marguerites, d'une armoire peinte et d'une fenêtre aux rideaux en fine dentelle.

Nor' se redressa un peu plus sur ses oreillers en plume, curieuse tout à coup : cela ne ressemblait pas vraiment à la cache d'un monstre ! Elle sourit, soudainement heureuse d'être vivante, heureuse de sentir un rayon de soleil effleurer son visage, lorsqu'elle entendit Vâlvătaie s'exclamer :

— Te voici enfin éveillée ! Tu en as mis du temps.

— Vâlvătaie ! Comment vas-tu ? Où sommes-nous ? Combien de temps ai-je été inconsciente ?

— Ah ah ça fait beaucoup de questions belle dormeuse ! Viens dehors je te montrerai tout.

Repoussant les couvertures elle posa ses pieds nus sur le parquet, chaud et doux. Elle se sentait si faible que le seul fait de se mettre debout lui fit tourner la tête. Elle ferma une seconde les yeux, serrant les dents afin de ne pas s'évanouir, tout en songeant que son père n'avait pas eu tort en lui refusant le post d'éclaireur : elle faisait un bien piètre guerrier...

Ce ne fut qu'une fois un peu plus assurée sur ses jambes, qu'elle remarqua qu'elle ne portait plus son uniforme en cuir noir, mais une longue chemise blanche faite d'une fibre soyeuse et fine. Une dentelle fleurie en ornait les manches et le col. Elle jeta un coup d'œil circonspect dans la pièce, cherchant où était son uniforme, sans cependant l'apercevoir. Décidément elle aurait fait un drôle d'Éclaireur !

— Tu te décides ? bougonna Vâlvătaie, impatient.

— Oui ben je n'ai pas mon uniforme figure-toi !

Elle le sentit glousser ce qui la fit sourire, malgré elle. Allons tout n'allait pas si mal puisque Vâlvătaie était là. Raffermie elle poussa la porte de la chambre, qui s'ouvrit sur un large corridor, semblant desservir les diverses pièces de l'habitation. Tout était minutieusement propre, le parquet brillait, les poutres elles-mêmes étaient peintes, quant aux murs en roche, ils étaient polis jusqu'à miroiter. Une chose étonna toutefois Nor' bien que son esprit, encore embrumé, ne s'y arrêta pas sur l'instant. Tout était petit : les portes étaient basses, les meubles moins haut que la normale. Mais comme son dragon l'appelait, elle oublia cette impression. Ouvrant une autre porte elle se retrouva soudain dehors, sous un soleil ardent qui l'éblouit. Elle ferma les yeux, lorsqu'elle se sentit bousculée. Reconnaissant tout aussitôt le mufle chaud de Vâlvătaie, elle éclata de rire, l'embrassant sans plus réfléchir. Elle le serra dans ses bras, moitié riant moitié pleurant, si soulagée de le retrouver. Ils restèrent un moment à profiter de leurs retrouvailles, baignés par les rayons tièdes du soleil ainsi que par une brise qui portait avec elle des odeurs tendres de forêts d'épineux, d'humus, d'ombres fraîches et de ruisseaux cascadant sur des lits de mousses.

Poussant Nor' du museau, Vâlvătaie se moqua gentiment :

— Voilà en effet un uniforme parfait !

Il partit dans un rugissement qui était un rire, tout en ajoutant :

— J'imagine la tête du Capitaine s'il te voyait en dentelles et jambes nues.

Elle fronça les sourcils, mais gagnée par son hilarité, elle mêla son rire au sien, si heureuse de le retrouver en aussi bonne forme. Les dragons avaient beau être solides, une chute du haut d'une montagne avait toutes les chances d'être néanmoins mortelle ! Pourtant ils avaient survécu. Comment était-ce possible ?

Lisant ses pensées, Vâlvătaie étira une longue langue bifide, avant de faire.

— Nous sommes vivants grâce à eux.

Elle releva brusquement la tête, apercevant alors une petite fille aux longs cheveux roux bouclés, qui les considérait tous deux avec un mélange de stupéfaction, de curiosité et d'appréhension. Elle s'approcha encore d'un pas ou deux avant de s'écrier dans une langue étrangement rocailleuse, dont Nor' ignorait tout. La jeune dragonnière lui sourit tout en lui répondant :

— Je ne comprends pas...

La petite la dévisagea la bouche ouverte, ébahie certainement d'entendre un autre langage que le sien. Elle lui renvoya timidement son sourire avant de s'avancer un peu plus, puis de lui faire signe de venir. Sans doute n'osait-elle pas se mettre à portée de dents du dragon, ce qui ne semblait pas malavisé ! Nor' s'approcha, la petite la considéra de bas en haut avec un étonnement admiratif avant de glisser sa menotte dans sa main. Bizarrement leurs tailles de mains n'étaient pas si différentes !

Nor' à sa suite, la fillette poussa la porte de l'habitation creusée à même la montagne, tout en poussant des cris joyeux, capables à eux seuls de rameuter une horde de Trolls. Elles entrèrent dans une salle où deux personnes se tenaient, préparant à manger. Elles se tournèrent toutes deux en sursautant aux cris de l'enfant, ouvrirent la bouche pour peut-être la gronder lorsqu'elles remarquèrent la jeune fille.

Posant précipitamment le saladier qu'elle tenait, l'une d'elle aux cheveux aussi roux et bouclés que la fillette, s'approcha vivement de la jeune fille tout en s'adressant à elle dans cette langue pour l'heure incompréhensible.

— Je suis désolée, je ne parle pas votre langue, murmura Nor', tout autant interloquée que l'adulte qui lui faisait face, et ce pour la même raison : la taille de son interlocuteur. En effet celle qui se tenait devant elle devait mesurer une bonne tête de moins que la jeune humaine, sachant qu'elle-même n'était pas très grande, combien pouvait bien mesurer la mère de l'enfant ? Un mètre vingt ou trente, pas plus...

« Je suis chez des nains », réalisa tout à coup Nor' avec une sorte d'émerveillement effaré. Les légendes avaient-elles raison en fin de compte ? La Cordillère séparait-elle vraiment le monde des hommes et celui des... autres ?

La fillette attrapa sa mère par la main, lui débitant une longue litanie de phrases qui roulaient tel un éboulis de cailloux. Sa mère la calma d'un mot avant de renvoyer un sourire engageant à Nor'. Elle se tapota la poitrine qu'elle avait fort large et opulente, car doit-on le préciser elle semblait aussi haute qu'épaisse, telle une bonne et solide bûche.

— Joliemain.

Nor' hocha la tête, se désignant de la même façon, bien que sa silhouette gracile fasse pitoyablement bien faible en comparaison.

— Nor'. Elle montra l'extérieur d'une main tout en disant : Vâlvătaie.

La petite poussa de longs cris de joie, tout en répétant avec un accent impossible : Nor', Vâlvătaie !

Sa mère leva les yeux au ciel et la montra d'un gros doigt tout couvert de farine :

— Pépin !

S'agrippant au bras de l'autre naine, qui au vu de la ressemblance semblait être sa sœur aînée, la petite s'exclama :

— Romarin !

Nor' leur sourit alors qu'elle se sentait faiblir. Joliemain se précipita, la faisant asseoir sur un banc, tandis que Romarin lui servait rapidement une chope d'un liquide ambrée. Nor' but quelques gorgées avant de s'étouffer à moitié sous l'effet des bulles et de l'alcool. Les dragonniers ne buvaient que fort rarement, et certes pas une bière aussi alcoolisée !

Mais l'effet escompté fut obtenu, elle était ragaillardie ! Elle perçut le gros rire de Vâlvătaie se moquant allègrement d'elle. Elle se demanda tout à coup comment ces gens-là les avaient soignés... En les imbibant de bière ?

Alors qu'elle toussait encore, la porte fut violemment rabattue par deux solides nains tout en barbes et cheveux longs, aux carrures aussi dures et rugueuses que de la roche. Une hache à la lame étincelante passée à la ceinture, le plus vieux se campa devant Nor' la toisant les sourcils froncés, l'œil inquisiteur. Nor' soutint son regard, serrant les mâchoires ce qui la faisait tant ressembler à son père. Il ouvrit la bouche afin de lui parler, mais Joliemain l'interrompit afin de lui signaler sans doute, que la jeune fille ne comprenait pas leur langue. S'adressant à Nor', elle montra son mari :

— Gros Poing, puis désignant l'autre à l'apparence nettement plus juvénile n'étant pas encore aussi barbu et velu, elle fit avec une fierté toute maternelle : Riffain.

C'est ainsi que Nor', jeune dragonnière égarée, fit connaissance avec toute une famille de nains, du père au fils aîné en passant par la minuscule et non moins vive petite Pépin.

Nor' poursuivit sa convalescence, choyée par Joliemain comme si elle était l'un de ses enfants. Lorsqu'elle se sentit assez vaillante sur ses jambes, Pépin l'emmena parcourir les sentes s'étirant au flanc de la montagne. Elles ramassaient des fruits sauvages ou quelques champignons en avance sur la saison. Nor' commençait à saisir certains mots, encouragée par le verbiage permanent de la petite. Elle s'essayait à prononcer ces sons qui roulaient dans sa gorge tels des galets, à la grande joie de toute la famille. Petit à petit elle put communiquer avec eux. Lorsque le vocabulaire lui manquait, Pépin lui tendait un carnet à dessin sur lequel elle illustrait ce qu'elle souhaitait expliquer. Elle développa ainsi un don latent pour le dessin, qu'elle avait oublié. Bien évidemment les talents artistiques n'étaient pas ceux les plus encouragés au sein du corps des dragonniers !

Ainsi elle parvint à leur faire comprendre d'où elle venait, même si le pourquoi resta longtemps obscur pour eux. De même sa relation avec Vâlvătaie les laissait dubitatifs, un brin méfiants, ne comprenant pas s'il était un simple animal ou pas. En tout état de cause la longueur de ses crocs et sa visible férocité ne les rassuraient pas. Quand Nor' dessina la Citadelle survolée par un squadron de dragonniers, ils frémirent : était-ce possible qu'il existât autant de ces créatures bizarres ?

Par chance les nains étaient toujours fort joyeux, ne perdant aucune occasion de rire, de chanter et de boire. Ils n'allaient donc pas se laisser tomber dans la morosité pour quelques milliers de dragons !

Entre deux chopines de cette bière ambrée qui faisait monter les larmes aux yeux à la jeune fille, ils lui racontèrent comment ils les avaient trouvés et soignés. Du fond de leur mine où ils exploitaient un très beau filon d'argent, ils entendirent distinctement le bruit sourd d'une avalanche de pierre. Curieux ils sortirent voir ce qui se passait. Ils les trouvèrent emmêlés aux roches, arrêtés dans leur chute mortelle par un sapin solitaire, qui les avait certainement sauvés. Ils étaient là sanglants, déchirés, brisés, nul ne pouvant déterminer avec certitude où commençait l'un et finissait l'autre, unis par leurs sangs qui se mêlaient inexorablement.

Gros Poings et sa famille restèrent un moment interloqués : ils n'avaient jamais vu ni dragon ni d'humain jusqu'à ce jour. Les légendes parlaient bien de créatures féroces vivant de l'autre côté de la Montagne Infinie, mais jamais ils n'auraient pensé pouvoir un jour accorder un crédit à de telles histoires ! Puis comme les affreuses créatures semblaient plutôt mal en point et donc plus vraiment en état de nuire, ils pensèrent de prime abord les achever. Mais Gros Poings, avec son sens aigu du commerce, jugea cela futile : pourquoi négocier deux dépouilles alors qu'on pourrait essayer de les retaper ? Les érudits du palais en offriraient un bien meilleur prix !

Ainsi fut fait. Ils transportèrent les corps meurtris avec mille précautions, ayant fait appel à un guérisseur, ermite lunatique qui sévissait dans leur coin de montagne. Par chance il fut immédiatement passionné par ces étranges créatures. Il mit toute sa science à les rafistoler. Il replaça patiemment tous les os des ailes du serpent volant, les stabilisants à l'aide d'attelles que lui prépara Gros Poing. L'espèce d'étrange créature ni naine ni géante fut plus compliquée à soigner, ses os étaient étrangement fragiles et sa capacité de guérison bien piètre.

Il réussit néanmoins à la remettre en état, quoique son corps malingre en garderait certainement des séquelles. En même temps n'importe quel nain aurait eu le bon sens de comprendre que se jeter du haut d'une montagne n'était pas aussi anodin que de s'envoyer une chopine ! Elle conserverait donc des cicatrices sur ses jambes, brisées en maints endroits. Celles de son dos et de son torse, lacérés par des branches et des rochers, iraient en s'estompant ce qui ne serait pas le cas d'une large balafre qui s'étendait depuis sa tempe gauche courait sur son front avant d'aller s'égarer en un profond sillon dans ses courts cheveux blonds. La coupure avait été trop profonde pour ne pas laisser une marque indélébile. Le cuir chevelu avait été très profondément entaillé, alors avec un brin de chance ses cheveux repousseraient, pas forcément avec leur couleur originelle. Mais bah de toute façon la mi-géante était déjà fort laide cela ne changerait pas grand-chose à la donne, avait songé le guérisseur.

Lorsque Nor' découvrit enfin les dégâts causés sur son visage, grâce à Pépin qui lui tendit un petit miroir élégamment ouvragé, elle frémit tandis qu'une boule d'amertume lui remontait dans la gorge. Que penserait Sky en la voyant ainsi ? S'écrirait-il encore qu'il l'aimait ? Cela l'étonnerait fort.

Avec humeur elle reposa le miroir, essayant de chasser ces pensées. Sky était de l'autre côté de la Cordillère, autant dire que son monde, et Sky avec, n'existaient plus pour elle. Mieux valait qu'elle se fasse à cette idée : plus jamais elle ne rentrerait à Terra Draco, plus jamais elle ne reverrait son squadron, ses parents, Morkeleb,

Naluca et bien évidemment Sky. C'était une pensée difficile voire impossible à accepter, mais c'était bel et bien la terrifiante réalité. Heureusement la formidable et semblait-il inconditionnelle bonne humeur des nains l'aidait à surmonter ces moments d'abattement.

Joliemain lui tapotait la main tout en lui affirmant, avec son bon sens nanesque, que nul ne connaît ce que le rocher contient ; ce qui signifiait peu ou prou que personne ne peut savoir ce qu'il en est des choses ou des événements. Gros Poing rajoutait alors : nul ne sait ce que le rocher contient tant qu'on ne l'a pas fendu ! Comme le comprit assez rapidement Nor', la philosophie naine suivait une constante assez précise : rien ne résiste à un bon coup de hache, de marteau ou de chopine ! L'austérité presque ascétique de la vie qu'elle avait toujours connue, semblait tout soudain bien loin.

Puis Pépin l'entraîna à la découverte d'un coin de montagne qu'elles n'avaient pas encore exploré, ce qui acheva de rasséréner Nor', pour un temps du moins. Courir librement aux longs des sentes animales parcourant les flancs de la Cordillère, aussi vives et folles que des chevrettes sauvages, voilà qui changeait totalement de l'ordre qui avait jusqu'à présent régit toute la vie de la jeune dragonnière. Vâlvătaie en profitait largement lui aussi, à présent qu'il avait pleinement retrouvé l'usage de ses ailes. Pour être franc les autres dragons lui manquaient fort peu, il profitait donc pleinement de ces journées ensoleillées où il sillonnait le ciel sans autre motif que ses seules envies. Avec enivrement il étendait ses longues ailes à nouveau couvertes d'écailles aussi scintillantes que des joyaux, se laissant porter par les courants mouvants des vents de la vallée. C'était grisant. Il retrouvait peu à peu tout un pan de sauvage indépendance, avant qu'hommes et dragons pactisent en joignant leurs âmes.

Il n'était plus alors seulement un mixte bâtard, croisement étrange entre le plus fort des dragons de Terra Draco et de l'ultime dragonne de Feu. Il n'était plus cette sorte d'aberration. Il était lui-même : Vâlvătaie le Brasier, puissant et redoutable prédateur qui pouvait apercevoir le plus petit garenne tapis sur un lit de mousse, grâce à sa vision infra-rouge. Certes son feu ne serait jamais aussi puissant que celui de sa mère, cependant il pouvait calciner un séquoia d'une seule bouffée. C'était déjà pas mal. Sa couleur tantôt rouge vif, tantôt amarante ou pourpre n'était pas moins instable que celle de ses yeux, en perpétuel changement au gré de ses humeurs. Nor' avait hérité elle aussi de cette particularité singulière, il trouvait cela joli tout en convenant que révéler ainsi, aussi crûment, le contenu de ses émotions, puisse être un lourd inconvénient. Par chance les nains ne semblaient pas avoir encore fait la relation entre les mouvances du regard de la jeune fille, sans doute pensaient-ils avec leur bon sens ordinaire, que c'était là la norme de ces demi-géants.

Vâlvătaie sentait que de ne plus être ainsi jugée, était un soulagement pour Nor', un soulagement à l'égal du sien. Il ressentait toutes ses angoisses, sa peur absolue de ne plus revoir ceux qu'elle aimait, cependant il comprenait aussi combien cette vie sans contrainte ni ordre lui était sinon une révélation, du moins un bonheur absolu. Elle parvenait de mieux en mieux à comprendre et communiquer avec les nains, ce qui lui permettait d'en devenir plus proche. Courir de rocher en rocher avec la minuscule Pépin, dessiner assise sur une touffe de pissenlit ou encore goûter à grand renfort de chopine la bière nouvelle, voilà qui semblait une vie hier encore inaccessible. Pourtant c'était celle qui convenait à Nor'.

Enfermée depuis toujours dans son rôle de fille de Héros, fille du plus grand Capitaine des dragonniers et de la Gardienne du Crystal, c'était déjà beaucoup. À cela elle rajoutait d'être la seule fille dragonnière dans un monde d'hommes, rudes et virils. Elle n'avait jusqu'alors jamais pu laisser libre cours à sa féminité, à sa propre personnalité. Même pas avec Sky, encore moins avec lui peut-être... Il avait raison, elle n'était pas ce qu'elle s'efforçait de paraître. Elle n'était pas, ne serait d'ailleurs jamais ce dragonnier féroce et dur qu'elle tentait en vain d'être. Elle avait toujours tellement souhaité être à la hauteur des espoirs de ses parents, ne pas être moins qu'eux, mais comment faire lorsque ce sont des démiurges... Elle avait toujours été plutôt petite, d'apparence fragile, ressemblant ainsi à sa mère. Cette physionomie lui conférait certes une silhouette résolument féminine avec sa taille gracile et ses pieds menus, cependant peu adéquate avec une fonction de soldat d'élite ! Il lui avait fallu faire avec. Refouler toute féminité, masquer la douceur de ses courbes, oublier même qu'elle était avant tout une jeune fille, afin de ne laisser paraître que sa seule force.

Elle avait toujours été en butte à la jalousie et à l'incompréhension de dragonniers qui ne savaient rien de ce qu'est une petite fille. Elle avait donc été élevée comme un garçon, avant même de devenir une dragonnière. Le jour où elle avait conféré l'empreinte au seul dragonneau de la dernière dragonne de Feu, ce jour-là aussi elle avait senti le vent de la jalousie souffler tout autour d'elle. Elle n'avait toutefois rien fait pour être désignée. D'un côté elle avait toujours rêvé devenir dragonnière comme ses parents, si beaux, si fiers avec leurs compagnons ailés, cependant d'un autre côté sa nature, plus douce qu'elle voulait bien l'avouer, aurait nettement assumé une vie plus sereine. Une vie qui ne soit pas faite de coups et de douleurs, de défis insurmontables à relever. Mais le jour où elle fut choisie afin de donner l'empreinte au dragonneau, elle fut contrainte d'étouffer totalement son tempérament joyeux et primesautier. De toutes ses forces elle refoula ce qu'elle était afin de n'offrir aucune faille aux sarcasmes. Elle était la plus jeune, la plus frêle de son squadron ? Qu'importe, elle leur montrerait ce qu'une fille pouvait faire. Elle se maintenait, les dents serrées sur cette prise de position, depuis si longtemps, qu'elle en était devenue un réflexe, une seconde nature. Elle en avait presque oublié qui elle était vraiment au fond. Seule la présence de Sky la ramenait à elle, la faisant pendant l'espace d'un souffle la reconnecter avec tout ce qu'elle était. Pourtant même avec lui, elle n'avait pu ou osé dévoiler le contenu de son cœur. Elle le regrettait amèrement à présent, mais qu'y faire ?

La présence tressautante de Pépin, la bonne humeur inoxydable de toute la famille naine lui permit sinon de se rasséréner du moins de desserrer les dents, permettant à sa personnalité si longtemps refoulée de refaire surface.

Vâlvătaie n'avait pas été mieux loti qu'elle. Unique descendant des deux plus puissants dragons de tout le royaume, tous s'attendaient à ce qu'il ait la taille et la force de son père, le feu de sa mère. Il n'en était cependant rien. C'était même tout le contraire. Il avait hérité de la forme fine et longiligne du corps presque serpentaire de Naluca, la dragonne de Feu, sans toutefois en avoir les pouvoirs. Son feu était semblable à celui de tous les autres dragons. C'était déjà bien, mais insuffisant au vu de son ascendance.

Alors lui aussi s'était trouvé en butte à maintes railleries, tout comme Nor'.

Avoir un autre dragonnier que la frêle Nor' aurait-il été plus simple ? Sans doute pas. Naluca avait été sage d'avoir écarté tout autre prétendant à l'empreinte, afin de ne laisser que la frêle blondinette s'approcher de son œuf unique. Leurs différences, leurs faiblesses les avaient rapprochées plus encore qu'il est habituel entre dragon et dragonnier. Ensemble, plus petits, plus fragiles que tous les autres de leur squadron, ils avaient fait face reproduisant sans le savoir l'histoire de Tar'dva et Morkeleb. Ils avaient appris à ne présenter qu'une surface lisse voire inaltérable afin de n'offrir aucune prise. Ils avaient aussi très tôt compris que la meilleure des défenses reste encore l'attaque. Ils avaient alors appris l'agressivité…

Ici cependant, dans ces paysages escarpés de montagnes, dans cette famille rieuse, ils pouvaient laisser tomber leurs masques. Sans clairement le comprendre, Nor' oublia peu à peu ses défenses. Cela commença par son uniforme, déchiqueté lors de leur chute. En attendant de pouvoir le rafistoler de leur mieux, Joliemain ajusta rapidement une longue robe en laine finement chamarrée ainsi qu'une chemise de Romarin à laquelle elle rallongea les manches. Les nains étaient étonnamment soignés. Ils faisaient tous attention à leur apparence. Toutefois s'ils appréciaient de jolis vêtements, ils devaient être avant tout confortables et agréables à porter. L'esthétique venait ensuite, suivant en cela tout le bon sens nanesque. Les coupes des robes étaient donc fluides, sans taille marquée puisque la taille fine et élancée n'était pas l'apanage des naines. De surcroît elles ne voulaient surtout pas s'engoncer et risquer quoi, de se trouver le souffle coupé ? Surtout pas !

Nor' qui n'avait jamais porté autre chose que l'uniforme en cuir noir de dragonnier, enfila robe et chemise le cœur battant, à la fois excitée et ravie du toucher fluide, soyeux de la laine sous sa main, effrayée comme si elle commettait une trahison. Elle se regarda avec une curiosité inquiète, dans la psyché en pied qui se trouvait dans la chambre de Romarin et Pépin.

C'était si bizarre de ne pas sentir le poids de son épée au long de sa cuisse, ou la rudesse du fourreau du poignard qu'elle portait à la ceinture. Le tissu ne pesait rien, la robe suivait avec une étrange fluidité chacun de ses mouvements, presque comme une caresse. Elle ne se reconnut qu'à grand peine. Entre ses cicatrices et ces vêtements, elle ne voyait dans ce reflet qu'une pâle jeune fille, perdue et fragile. Ce ne pouvait être elle ! Romarin et Pépin se récrièrent combien elle était jolie, ce qui ne rassura pourtant pas Nor'. Elle s'imagina l'étonnement de Sky à la voir ainsi. Cette seule pensée fit naître un furtif sourire sur son visage.

Vâlvătaie la trouva tout à fait parfaite bien qu'il remarqua qu'une robe pour voler c'était fort peu pratique. À croire que l'esprit pragmatique des nains commençait à le contaminer ! Petit à petit elle s'habitua à ne plus sentir le poids de sa veste d'uniforme, à ne plus entendre le chuintement du cuir, à ne plus sentir que le frôlement soyeux presque évanescent du léger tissu. C'était troublant. Un étrange sentiment de liberté la saisit estompant une seconde sa tristesse. Retrouvant alors toute l'exubérance de ses dix-huit ans, elle éclata de rire : elle faisait une drôle de guerrière !

Chaque jour qui passait elle reprenait de nouvelles forces, ses jambes encore faibles la portaient toutefois de plus en plus loin, au gré des sentes sur lesquelles Pépin l'entraînait en sautillant.

Lorsqu'elle était trop fatiguée elle s'asseyait sur un rocher chauffé par le soleil encore tiède de ce doux automne. Elle sortait le carnet offert par la jeune naine, laissant le crayon courir sur les pages vierges. Elle croquait le vol impérieux d'un aigle des falaises, le rougeoiement de la forêt qui s'embrasait peu à peu, Vâlvătaie perché sur un arbre immense comme il n'en existait pas chez eux, ou bien encore la silhouette primesautière de Pépin qui galopait dans les hautes herbes à la recherche des dernières fleurs de la saison dont elle faisait ensuite des couronnes. C'étaient des moments paisibles où seul s'entendait le frôlement de la brise dans les feuilles dorées, le cri lointain d'un loup en chasse et les gloussements ravis de Pépin. Rien ne venait perturber la perfection de ces paysages sauvages. Nor' se prenait à aimer ces montagnes pourtant si éloignées des plaines qui l'avaient vue naître. Vâlvătaie appréciait lui aussi ces journées où il n'avait rien d'autre à faire que chasser un gibier abondant et peu méfiant, puis dormir en se chauffant au soleil, étalé sur une roche tel un bienheureux lézard.

Nor' se munissait toutefois de son arc et de son carquois en un réflexe de guerrière mêlé à celui de chasseuse. Parfois un lièvre dodu venait vagabonder imprudemment à la lisière d'une clairière, il n'en fallait pas plus pour offrir une cible à la jeune archère. Le gibier qu'elle ramenait était toujours fortement apprécié par la famille des nains, qui n'avait aucunement le loisir de parcourir la montagne comme elle-même. Joliemain attrapait le malheureux lapin en la félicitant joyeusement tout en nettoyant d'une main habile l'animal. Il finirait dans une marmite à cuire doucement, lové sur un lit de carottes sauvages et de navets doux.

La vie s'écoulait ainsi paisiblement. Nor' apprenait à parler en nanesque tout en entraînant chaque jour un peu plus son corps si marqué par sa chute. De leur côté Gros Poing et Riffain passaient leur temps à gratter des centaines de mètres cubes de terre dans leur mine, afin d'en extraire le précieux minerai d'argent. Romarin les ravitaillait en bière presque sans discontinuer, puisque c'était là le carburant nécessaire et vital semblait-il à tout bon nain qui se respecte !

Joliemain, elle, demeurait dans sa vaste cuisine à préparer des pains dorés, des terrines fumantes ou des gâteaux dégoulinants de miel. De temps en temps elle tentait d'initier la jeune humaine à la cuisine, cependant sans grand succès. Pour Nor' tout cela relevait plus des mystères alchimiques que de simples recettes de cuisine. Elle se surprenait pourtant à apprécier ces moments où les arômes saturaient la pièce, lui faisant presque tourner la tête tandis que Joliemain d'un ton expert lui montrait comment monter une sauce ou préparer une confiture. Avec un serrement de cœur elle se rendait compte qu'elle n'avait jamais connu de tels moments de complicité avec sa propre mère. En effet Mona, Héroïne du Royaume, était sans cesse appelée aux confins de Terra Draco pour des cérémonies, des signatures de traités, des réunions où sa sagesse empathique faisait merveille semblait-il. Nor', elle restait seule dans l'Antre, trottinant d'un dragon à l'autre, sans cesse dans les pieds des dragonniers qui n'avaient ni temps ni patience pour une si petite fille.

À présent il lui semblait découvrir ce que pouvait être une vie de famille. Cela lui laissait comme un goût amer dans la gorge. Avait-elle réellement eut une famille ? Ses parents l'aimaient elle en était convaincu, néanmoins ils n'avaient jamais eu de temps à lui consacrer. Ici, dans ce monde inconnu elle apprenait ce que pouvait être une vie faite de rires et de complicité, autre qu'avec un dragon. C'était étrange. Les nains buvaient, s'esclaffaient, ripaillaient et cela ne lassait pas de surprendre la jeune dragonnière venue d'un monde où austérité et maîtrise de soi étaient les maîtres mots. Les proverbes nanesque tournaient ainsi tous autour de deux sujets : la mine ou la boisson ! Celui que préférait Gros Poing et qu'il clamait à tout bout de champ était le suivant : « Au lieu de courir à la mine, cours à la taverne ! »

De plus en plus souvent elle se surprenait à fredonner la chanson favorite de sa famille d'adoption :

*« Bois pour te faire du bien*
*Pour oublier demain*
*Ne fais pas ton malin*
*Espèce de gredin !*

*Bois pour te faire du bien*
*De la bière tout plein*
*Un tonneau ou bien rien*
*Ou tu n'es pas un nain ! »*

Pourtant même si chaleureusement accueillie, les siens lui manquaient. Sky lui manquait. Sans cesse elle repensait aux derniers mots qu'elle lui avait lancés. Elle aurait tout donné afin de pouvoir les effacer, cependant ce qui avait été dit ou fait, rien ni personne ne pouvait le changer. Elle devait vivre avec la certitude, ô combien douloureuse, d'avoir brisé le cœur de celui qu'elle aimait… Rien ne viendrait modifier ça. Elle ne pourrait en aucun cas venir s'excuser et l'assurer de ses sentiments. Jamais il ne saurait combien elle l'aimait.

À la mi-saison de cet automne, lors d'une nuit un peu spéciale déterminée par l'agencement de certaines étoiles dans le ciel, les jeunes naines avaient coutume de placer sous leur oreiller une petite botte de feuilles odorantes de basilic. Romarin en confectionna une élégamment nouée d'un ruban rouge qu'elle tendit à Nor'.

— Prends, tu y dormiras dessus cette nuit, dit-elle tout en plaçant elle-même une semblable botte sous son oreiller en dentelle.

Nor' la dévisagea avec un sourire un brin dubitatif. Que pouvait-elle bien faire de ces condiments ?

— Cette nuit l'alignement des étoiles est idéal, si tu places quelques feuilles de basilic dans ton lit tu rêveras à coup sûr de ton futur époux.

La jeune dragonnière pâlit subitement. Un mari voilà donc une question à laquelle elle n'avait jamais prêté la moindre attention ! Mais se pourrait-il qu'elle rêve de Sky…

Voyant le trouble de son amie, sa pâleur soudaine, Romarin rangea elle-même le bouquet odorant sous l'oreiller de Nor', avant de se tourner vers elle avec ce sourire qui la personnifiait :

— As-tu déjà rêvé de lui ? Pour ma part pas encore et j'aimerai bien voir Flandrin dans mes rêves cette nuit…, fit-elle tout en rosissant avant d'ajouter : Flandrin est un nain de la ville, il est Porte Hache au service du Roi. Tu verrais comme il est beau ! Il a une longue barbe noire tressée et des yeux tout pareillement noirs.

Nor' esquissa un sourire, tout en imaginant l'amoureux de Romarin. Il était si bon d'avoir une amie avec qui partager ses secrets.

— Et toi tu aimerais rêver de quelqu'un ?

La jeune fille blêmit un peu plus, revoyant la longue silhouette de Sky, son regard étincelant, ressentant soudain la chaleur de ses mains, la douceur de ses baisers. Elle soupira avant de répondre d'un ton qu'elle s'efforça de maîtriser, mais qui sonna presque froidement aux oreilles de Romarin.

— De l'autre côté des montagnes, dans mon monde, j'ai laissé l'homme, le dragonnier le plus parfait qui soit afin de prouver je ne sais quoi. Maintenant Sky et moi sommes chacun d'un côté de cette barrière infranchissable, alors même si je rêve de lui, que cela m'apportera-t-il ? Jamais plus je ne le reverrai.

Repoussant d'un geste sec une mèche de ses cheveux clairs qui avaient bien poussés ces dernières semaines, elle releva la tête tout en serrant brutalement les mâchoires en un geste qu'elle tenait de son père. Romarin la prit spontanément entre ses bras courts et ronds, tout en s'exclamant :

— Oh, j'ignorais que tu avais déjà un amoureux... Mais qui sait ce que réserve le futur ? Comme on dit rien ne sert de pleurer dans ta chopine tu vas juste diluer ta bière !

Cette nuit-là, la jeune humaine se coucha le cœur battant à la fois d'espoir et pourtant animé d'une peine inconsolable. Au matin Romarin l'appela en chuchotant depuis son lit où elle était douillettement blottie sous une couette rouge vive. Un large sourire illuminait son visage avenant et joyeux.

— Alors ? Comment étaient tes rêves ?

À son regard pétillant, encore plus que d'ordinaire Nor' comprit que les siens avaient été à la hauteur de ses souhaits. Elle lui retourna un sourire tout en chuchotant afin de ne pas éveiller Pépin qui dormait d'un sommeil d'ange dans son petit lit tiré sous la fenêtre.

— Et toi ? As-tu rêvé de ton Flandrin ?

Romarin hocha lentement la tête tout en rosissant. Elle gloussa sans bruit en pinçant les lèvres afin de ne pas éveiller sa sœur.

— Oh que oui ! Et toi ?

Nor' ferma un instant les yeux revivant les songes que la nuit lui avait offerts. Dans ses rêves Sky était là chevauchant sa belle dragonne aux écailles d'azur. Il la prenait dans ses bras la faisant tournoyer dans sa robe en laine, avant de la serrer à l'étouffer en lui disant à nouveau qu'il l'aimait.

Elle ouvrit les yeux, tout soudain illuminés de parme et de lilas, en murmurant :

— J'ai fait un très beau rêve, le plus beau qui soit. Il n'y a plus qu'à espérer que ta magie et tes prédictions s'avèrent justes.

— Ne te fais aucun mouron là-dessus, ce que tu rêves lors de la nuit du basilic se réalise toujours. C'est pour ça qu'on sait que si tu rêves de tel nain ce sera ton futur compagnon. Ma mère a rêvé de mon père alors qu'elle ne l'avait jamais rencontré ! Elle l'a vu seulement quelques semaines plus tard à la foire de l'hiver. Allez viens, allons déjeuner je meurs de faim et je gargouille tellement que ça va réveiller Pépin !

En entrant dans la cuisine une surprise de taille attendait Nor'. Posé bien en évidence sur le dossier d'une chaise en paille se trouvait son uniforme tout recousu et rapiécé. Elle faillit pousser un cri de joie qu'elle réprima cependant tout aussitôt, maintenue dans un carcan par la discipline qui la berçait depuis sa toute petite enfance. Un sourire erra une seconde sur ses lèvres tandis qu'elle enfilait sa lourde veste sombre, retrouvant avec un bouleversement violent l'odeur du cuir, l'odeur de son monde, l'odeur de l'Antre, l'odeur de ce qu'elle était... Une dragonnière.

D'une main un peu plus tremblante qu'elle le voulait elle ferma les boutons d'argent, lissant le cuir de ses doigts. Fugitivement elle effleura le symbole de sa maîtrise qui ornait le col, revoyant les yeux soudainement brouillés de larmes, ce jour pas si lointain où son père lui-même, le Capitaine Tar'dva, le lui avait remis en grande cérémonie. Ce jour-là le soleil illuminait le parvis s'étendant devant l'Antre. Dans un silence impressionnant tous les dragons et les dragonniers de la Citadelle se tenaient droit, au garde à vous, honorant par leurs présences la remise des maîtrises à leurs cadets. Lorsque Tar'dva s'était penché vers elle afin d'agrafer la broche en argent sur son col, elle avait pu lire la fierté dans son regard aussi obscur que celui de son dragon. Brusquement elle s'était sentie faisant partie des dragonniers. Réellement partie. Elle était des leurs. À cette seconde aussi, son regard changeant avait croisé celui bleu azur de Sky. À cet instant précis il avait semblé réaliser qu'elle n'était plus la petite fille agaçante qui courait dans les pattes des dragons.

Elle ravala un soupir. Ce jour était si lointain à présent. Par chance l'indéfectible bonne humeur des nains l'emporta dans un tourbillon. Elle se retrouva attablée devant un pantagruélique repas composé de gâteaux moelleux, de brioches fondantes et de crèmes délicieusement fruitées. Les nains enfournaient toutes ces victuailles en s'esclaffant sur les rêves nocturnes des deux jeunes filles. Romarin riait autant tandis que Nor' se surprit à raconter une partie de ses songes en leur donnant une tournure hautement humoristique. Les rires redoublèrent à sa vive surprise. Elle ignorait bien avoir le moindre talent de narratrice !

Une fois tout son petit monde repu, Joliemain houspilla son mari et son fils afin qu'ils aillent travailler tandis qu'elle avait elle-même grandement à faire ! Elle expédia Pépin et Nor' dehors ce qui ne formalisa aucune des deux.

Nor' enfila son uniforme, ceignit sa ceinture aux armes du Roi, retrouvant avec une sorte de bizarre soulagement la lourdeur de son épée. Elle caressa le pommeau, appréciant sa froide familiarité. Elle la sortit d'un geste ample et vif de son fourreau, goûtant le plaisir de l'avoir en main. Elle remarqua qu'elle avait été aiguisée et nettoyée avec un soin tout particulier. Les nains savaient ce qu'était une bonne lame. Ils respectaient ça au moins autant qu'une bonne bière !

Son épée n'était certes pas la plus somptueuse, mais c'était la sienne. Un jour lorsqu'elle aurait mérité cet honneur, on lui remettrait le cabochon à ses couleurs. Une pierre précieuse de la teinte exacte de son dragon viendrait en orner le pommeau. Jusqu'à présent elle s'était toujours demandé comment il serait possible de trouver une pierre qui puisse imiter les altérations rougeoyantes des écailles de Vâlvătaie. Pendant longtemps les plus vieux des dragonniers supputèrent que la couleur définitive du jeune dragon n'était pas encore fixée, d'où les changements déroutants de la couleur des yeux de Nor'. On s'en aperçut avec le temps, ces mouvances étranges reflétaient les humeurs et les émotions de la jeune dragonnière et de son dragon. C'était du jamais vu parmi les dragons, mais qui avait déjà pu observer le résultat d'un croisement d'un dragon de guerre et d'un dragon de feu ? Personne bien évidemment. Vâlvătaie était le premier et vraisemblablement le dernier.

Enfin peu importait, au regard de sa situation elle n'aurait jamais l'occasion de réaliser pleinement une mission et de là pouvoir recevoir son cabochon. Avec un brin d'amertume elle remit son épée au fourreau alors que Vâlvătaie atterrissait à ses côtés dans un tourbillon de poussière. Il enroula sa longue encolure serpentine autour de sa dragonnière n'ignorant rien ni de ses rêves ni de ses tourments.

— Et si nous allions chasser aujourd'hui ? Te voilà à nouveau parée pour voler non ?

Elle hocha la tête, rassérénée par la seule présence de son compagnon ailé. Elle attrapa son carquois et son arc cependant que Pépin se précipitait vers elle en criant de l'emmener. En soupirant, Nor' accepta. Elle jucha la petite, point trop rassurée, sur l'échine de Vâlvătaie, bien calée entre deux crêtes osseuses. Elle se plaça juste derrière elle afin de la maintenir d'une main ferme, tandis que d'un puissant coup de pattes accompagné d'un violent battement d'ailes, le dragon prenait son envol. Ils volèrent au-dessus des bois et des pentes de la cordillère couverts d'arbres majestueux, avant de descendre vers une large vallée au fond de laquelle serpentait une rivière aux eaux étincelantes. Vâlvătaie se posa en douceur permettant à Nor' et Pépin de descendre. La petite, peu intéressée par la chasse, partit en gambadant après quelques papillons, tandis que la jeune archère s'intéressait, elle, à un groupe familial de cervidés qui paissait mollement un peu plus bas dans la vallée. Ne connaissant rien du danger que représentait un dragon, ils ne s'inquiétaient absolument pas. Ils continuaient à brouter avec entrain, ravis d'avoir trouvé un coin encore superbement verdoyant malgré la saison déjà bien avancée. Sans bruit, avec une souplesse bien peu humaine, bien que pénalisée par ses récentes blessures, Nor' grimpa doucement sur un rocher, espérant avoir un meilleur angle de tir. Les cibles étaient lointaines, réussir à abattre un animal à cette distance était une gageure, mais elle comptait bien y parvenir. Là-haut dans le ciel clair, traversé seulement par quelques paisibles cumulonimbus, Vâlvătaie s'amusait à poursuivre un vol d'oies, en route vers des terres lointaines au climat plus doux. Les oiseaux s'échinaient à distancer le dragon, mais celui-ci facétieux et joueur les rattrapait en quelques pirouettes, déstabilisant les pauvres migrateurs. Le spectacle fit cependant sourire Nor', heureuse de voir Vâlvătaie aussi pleinement joyeux. Comme elle, il était libre d'être lui-même. À quelques pas en contrebas du rocher, Pépin trottinait sur ses courtes jambes, tentant en vain, de capturer quelques ultimes papillons.

Tout était si paisible et serein. Nor' gagnée par cette quiétude baissa son arme. Amener la mort dans tant de paix ne lui sembla plus une si bonne idée. Elle rangea sa flèche acérée dans son carquois, passant son arc en travers de son dos. Finalement aujourd'hui n'était pas le meilleur des jours pour chasser…

Soudain alors que le jeune dragon semblait batifoler tel un dragonneau qu'il était il y a peu de temps encore, il parut se figer dans le ciel avant de se laisser tomber en piqué vers Nor', tout en lui lançant un cri où se mêlait stupéfaction et effroi. Saisie, Nor' perdit une seconde en réactivité, car rien ne pouvait effrayer un dragon : ils étaient situés tout en haut de la chaîne alimentaire. C'est tout au contraire eux qui semaient la terreur, en aucun cas l'inverse !

Ressentant la panique de son dragon, la jeune archère prit peur elle aussi, sans cependant en connaître encore la cause. D'un bond souple elle sauta à bas du rocher pour courir vers l'enfant, ignorante du danger qui semblait les guetter. Elle saisit la petite au vol, la jetant plutôt qu'elle la hissa sur l'échine de Vâlvătaie qui déboula en rase-mottes. Elle sauta en voltige derrière Pépin qui ouvrait des yeux effarés et ne comprenait rien. Puis toutes ces années passées à s'entraîner, à forger son corps, son esprit, à acquérir des réflexes toujours plus rapides et précis, semblèrent n'avoir eu qu'un seul but, lui permettre de réagir ce jour-là. L'esprit brouillé, elle ne chercha même pas à réfléchir, elle agit par automatisme. Attrapant son arc elle encocha une flèche redoutablement barbelée, tandis que Vâlvătaie prenait de l'altitude. Elle ne savait rien encore de cette menace pouvant autant épouvanter Vâlvătaie. Tout à coup son attention fut attirée par un mouvement à la lisière des bois : toute la frondaison des arbres était agitée, comme secouée par la plus terrible des tempêtes. Soudain elle vit une tête monstrueuse surgir de la canopée. Une tête aux yeux exorbités, à la peau blafarde et grêleuse, à la bouche béante sur des rangées de dents jaunâtres le tout surmonté par une touffe de cheveux ou poils noirâtres, protégés par un casque en métal rouillé. La créature était colossale. Elle dépassait la cime des plus hauts arbres et les meuglements qu'elle poussait résonnaient comme des coups de tonnerre, vrillant douloureusement les oreilles de Nor'. Réagissant aux cris du monstre, Pépin l'aperçut brusquement. Elle poussa des hurlements stridents, alertant immédiatement la créature. Tournant la tête elle lança vers eux un long bras musculeux au bout duquel se trouvait une lourde massue de la taille d'un tronc. En une pirouette Vâlvătaie, évita le coup qui fendit l'air dans un sifflement. Dans le même mouvement Nor' décocha sa flèche qui alla se figer dans le bras du monstre. Celui-ci secoua sa main en grommelant ce qui semblât lui faire autant d'effet qu'une piqure d'insecte !

— Pépin, tais-toi et cramponne-toi ! ordonna la jeune archère tout en saisissant une autre flèche.

En parfaite osmose, l'un avec l'autre, dragon et dragonnière unis par la même pensée, Vâlvătaie s'élança en piquet vers leur monstrueux adversaire permettant à Nor' d'ajuster son tir dans un endroit plus sensible. Surpris par leur attaque, le monstre resta un instant hébété. La flèche fila droit vers son œil gauche où elle s'enfonça profondément. Il poussa un hurlement terrible, tout en battant l'air en vains moulinets. Sans perdre de temps et l'avantage, une deuxième flèche rejoignit la première. Évitant les coups maladroits d'un simple mouvement d'aile, Vâlvătaie reprit de l'altitude pour mieux revenir, attaquant d'un autre angle. Cette fois outre les flèches que Nor' décochait en rafales rapides et précises, désorganisant totalement le monstre, le dragon fit monter sa bile inflammable, lui crachant une colossale langue de feu. Il s'embrasa en une seconde. Lâchant sa massue il voulut se précipiter vers la rivière, mais renversant les arbres dans sa course il tourna seulement en rond, les yeux crevés, rendu aveugle. Pris par la douleur et l'affolement il trébucha, s'abattant de tout son long dans un bruit sourd de montagne qui s'écroule. Là il continua à brûler dans une effroyable odeur de chair calcinée. Vâlvătaie refit un passage au-dessus afin de comprendre ce qu'était cette prodigieuse et terrifiante créature.

Pépin, cramponnée à l'échine du dragon sanglotait en silence tout en marmonnant un mot que Nor' ne comprenait pas. Malgré les flammes qui avaient gagné toute sa colossale carcasse, Nor' constata que la créature devait faire une douzaine de mètres de haut, qu'elle avait une surprenante forme d'humanoïde, soit une paire de bras et de jambes à la fois dégingandés et pourtant musculeux. Elle portait un semblant de pagne, peut-être en cuir ou en peau ainsi qu'un plastron composé du même métal rouillé que son casque. Celui-ci avait roulé plus loin dans l'herbe. D'une torsion de sa longiligne encolure, Vâlvătaie le saisit entre ses dents comme lui ordonna Nor'. Elle voulait comprendre ce qu'était ce monstre. Peut-être la famille de Gros Poing pourrait lui donner des réponses ?

Se pliant à leur entraînement, Vâlvătaie prit alors de l'altitude, survola la forêt, cherchant à savoir si le monstre était seul ou s'il allait falloir compter avec d'autres de ses congénères. Tout paraissait calme. Les bois avaient comme miraculeusement retrouvé leur quiétude. Seuls les arbres fauchés de loin en loin marquaient le passage du monstre. Poussant un soupir de soulagement, Nor' enjoignit Vâlvătaie à rentrer à la mine. Ce fut à ce moment-là qu'ils virent les autres... Surgissant par le fond de la vallée un groupe d'une demi-douzaine de créatures s'avançait, fauchant tout sur leur passage, arbres, rochers, animaux ; rien ne semblait avoir d'importance pour eux. Une onde de terreur glaça la jeune fille, lui faisant remonter un frisson de peur en une sensation qu'elle n'avait jamais éprouvée, même pas lorsqu'ils s'étaient abattus et brisés au pied de la Cordillère.

— Par le Roi…, laissa-t-elle échapper, avant de recouvrer sa discipline, murmurant pour Vâlvătaie : Ils sont trop nombreux. Ramène-nous à la mine, le plus vite possible !

Vâlvătaie n'était certes pas un dragon au gabarit impressionnant, bien loin de son colossal père, Morkeleb. Pourtant grâce à sa silhouette fine, à son ascendance de dragon de Feu, il pouvait voler plus vite que presque tous les dragons du Royaume. Fendant l'air, il s'élança aussi rapidement que ses ailes le pouvaient, poussant ses muscles puissants à la limite de leurs capacités. En quelques minutes à peine, ils furent de retour chez les nains. Il atterrit brutalement dans un tournoiement de poussière, les flancs battant sourdement de l'effort. Sautant à terre, Nor' attrapa la petite Pépin, avant de se précipiter vers la maison troglodyte. Elle ouvrit brusquement le vantail de la porte qui se cogna en résonnant contre la pierre, faisant sortir Joliemain de la cuisine.

— Eh bien en voilà des façons d'entrer ! grogna-t-elle en essuyant ses mains toutes enfarinées sur son tablier.

Pépin, en larmes, se jeta contre elle en lui narrant leurs aventures dans un incompréhensible galimatias entrecoupé de sanglots et de hoquets dus à sa frayeur.

— Mais quoi ? Qu'est-ce que tu as ? s'inquiéta sa mère, pensant qu'elle s'était blessée.

— Elle n'a rien, tout va bien, la rassura Nor' avant d'ajouter tout aussitôt : Nous étions à la rivière, là, nous avons été attaqués par une créature d'une taille vertigineuse, elle dépassait le haut des arbres de la forêt ! C'était horrible ! J'ignorais qu'il existait de telles choses par chez vous ! Je comprends nos légendes à présent, elles avaient raison de bout en bout.

— Attends, calmez-vous toutes les deux, raconte-moi plutôt ce que vous avez vu.

— Un Géant ! hurla tout à coup Pépin en se blottissant un peu plus dans les rondeurs maternelles.

— Allons ma poulette, tu sais bien que les géants ne sont que des fables, la gronda gentiment Joliemain non sans lui tapoter doucement le dos afin de calmer ses sanglots inextinguibles.

— Elle a raison, c'est tout à fait ce que nous avons vu, c'était un géant ! Il était affreux, immense, mais nous l'avons abattu avec Vâlvătaie.

— Un géant... Mais... Il n'en existe plus depuis des centaines d'années... C'est impossible !

— Eh bien viens voir le casque que Vâlvătaie a ramassé si tu ne me crois pas, rétorqua la dragonnière tout en saisissant la plantureuse naine par un bras, l'entraînant dehors.

— Regarde !  l'enjoignit-elle  presque sèchement en désignant le casque rouillé, posé à côté du dragon aux écailles rougeoyantes.

Joliemain pâlit brusquement. Elle s'approcha avec hésitation du casque, le considéra une longue minute puis se pencha vers sa petite fille qui reniflait encore.

— Pépin court chercher Raffain et ton père, allez va, dépêche-toi !

Elle toujours si aimable, poussa la petite d'une bourrade un peu rude qui eut le mérite de stopper net les larmes de l'enfant, lui faisant comprendre l'urgence de la situation. Essuyant son nez morveux sur sa manche, elle fila vers la mine, de toute la vigueur de ses courtes jambes, appelant son père d'une voix perçante. À peine quelques minutes plus tard, toute la famille était là, réunie devant le trophée de Vâlvătaie. Gros Poing se grattait la tête avec perplexité. Les Géants existaient dans les contes ou dans les récits des très vieux nains, mais de là à croire qu'ils étaient réels... Pourtant le casque lui, était tout ce qu'il y a de plus tangible. Il le considéra sous toutes les coutures, étonné à la fois par la mauvaise qualité du métal en bizarre opposition avec la bonne facture du rivetage et de l'ajustement des cerclages entre les diverses pièces. C'était étrange.

Tandis qu'il se livrait à toute une réflexion et un examen attentif, Nor' trépignait, songeant avec appréhension à la demie douzaine de géants, qui ne seraient certainement pas très heureux en découvrant leur compagnon cuit comme un gigot.

— Ça suffit ! finit-elle par exploser. Oui c'était un géant on ne va pas tergiverser cent ans là-dessus ! Le vrai problème ce sont les autres...

— Les autres ? Quels autres ? grommela Gros Poings en lissant sa barbe rousse toute embroussaillée et pleine de poussière.

— Il n'était pas seul, figurez-vous, il y en avait d'autres qui le suivaient à quelque distance. Peut-être était-il un éclaireur ?

Alors même qu'elle disait ça, un craquement sinistre fit trembler la forêt tandis que des nuées d'oiseaux s'envolaient en bruissant, effrayés. En contrebas, dans le bois qui s'étalait sur les pentes, grimpant vers la mine et la maison des nains, les arbres frémirent de toutes leurs ramures, se ployant, se tordant sous la poussée impitoyable d'une force presque dantesque : le groupe de géants était là. Bien réel.

Ne faisant ni une ni deux, Gros Poing se retourna en brandissant la lourde hache qu'il portait toujours à la ceinture. Vâlvătaie souffla un épais nuage acre de fumée, les membres tendus, les ailes frémissantes, prêt à bondir dans le ciel. Nor' posa sa main sur celle de Gros Poing en s'exclamant :

— Ils sont trop nombreux ! Nous ne tiendrons jamais, venez !

Elle propulsa Pépin sur l'échine de Vâlvătaie, poussa Joliemain et Romarin à faire de même, tandis que Vâlvătaie crachait une longue flamme qui embrasa aussitôt les fourrés ; cela ralentirait peut-être les géantines créatures ? Nor' secoua Raffain et son père qui grimpèrent entre les épaules du dragon en pestant. Gros Poing attrapa néanmoins le casque laissé à terre, bien maigre butin lorsqu'on doit abandonner sa mine. Nor' se glissa elle aussi sur l'encolure du dragon. Surchargé il dut prendre son envol en courant comme l'un de ces stupides oiseaux marins, incapables de soulever autrement leur propre masse. Il s'élança dans la pente, déploya ses ailes, toutes ses membranes encore fragiles tendues à se rompre. Un instant il sembla que définitivement trop lourd, il ne puisse rien faire d'autre que s'écraser pile sur les géants qui brandissaient déjà leurs massues afin de les assommer. Les nains poussèrent tous un grognement d'horreur, cependant trouvant un courant ascendant porteur, Vâlvătaie remonta brutalement échappant aux géants. Il prit le plus d'altitude qu'il put avant de se laisser planer.

Nor' se tourna à demi vers Gros Poing dont le teint avait subitement tourné au verdâtre, en disant :

— Alors ? Ce n'étaient pas des géants ?

Il gargouilla quelques onomatopées peu aimables, serrant toujours le casque contre lui. Il respira à grands coups tout en marmonnant d'une manière un peu plus intelligible :

— Faire voler des nains, on aura tout vu !

Il grommela quelques minutes, avant de tapoter l'épaule de la dragonnière :

— Nous devons-nous rendre à la grande Cité des nains et avertir le Roi.

Elle leva un sourcil un peu étonné, mais ne dit rien tandis qu'il poursuivait :

— Il faut longer la montagne sur plusieurs centaines de milles en allant vers le couchant.

La jeune humaine hocha la tête tandis que Vâlvătaie virait sur une aile afin de prendre le bon cap, faisant naître quelques inquiétudes parmi les nains, plus terrifiés qu'ils auraient bien voulu l'admettre. Le ciel était limpide, l'air frais frappait leurs visages, rougissant leurs joues, faisant voler leurs cheveux qui claquaient dans le vent comme autant de bannières. Les nains, cramponnés aux crêtes écailleuses du dragon, se concentraient afin de garder un équilibre que le moindre mouvement de Vâlvătaie venait mettre à mal. D'ordinaire ils ne craignaient pas grand-chose, le vide ne les impressionnait guère et le mot vertige ne semblait pas éveiller chez eux un quelconque écho. Toutefois en cet instant précis, ils se cramponnaient, les jointures blanches de crispation, s'efforçant de ne fixer que le dos ou la nuque de celui qui se tenait immédiatement devant lui, afin de ne jamais, ah non jamais, jeter ne serait-ce qu'un fugitif coup d'œil au vide qui les environnait. Gros Poing maugréait dans sa barbe qu'on ne le reprendrait plus, la seule place d'un nain étant dans sa mine et non pas à parcourir les nuages comme un vulgaire volatil.

Nor' ne disait rien, accoutumée aux réactions effrayées de ceux pour qui c'était le premier vol, leur baptême de l'air en dragon en quelque sorte. Elle savait que seuls les dragonniers appréciaient la magie presque mystique du vol, où libres enfin, détachés des contraintes terrestres ils ne faisaient plus qu'un avec leur dragon. L'esprit apaisé, elle se laissa aller à cette quiétude, à ce moment où tout à coup rassérénée par cette communion retrouvée, par cette habituelle douceur, son âme trouva un instant de repos. Elle laissa son regard glisser vers les paysages se déroulant sous eux, admirant les forêts profondes déjà illuminées par la rousseur de la saison, les rivières éclatantes alimentant de vastes lacs, étendus au long de vallées encaissées, comme de paisibles monstres marins. D'un côté les vallées, d'un autre la montagne, escarpée, périlleuse. À la fois terriblement belle et tout aussi terriblement dangereuse. Le sommet de la Cordillère se perdait comme toujours dans les nuages qui s'accumulaient au-dessus, dans l'illusion d'une montagne infinie. En tendant la main il lui semblait qu'elle aurait pu en frôler les pierres grises, écrasées en éboulis compulsif tel un vomi minéral. Elle respira profondément, appréciant la fraîcheur de l'air tout imprégné de l'arôme des forêts de résineux, étroitement mêlé à celui des colchiques, ultime sursaut de l'été, promesse de l'hiver à venir. Son visage ne laissait rien transcrire de ses pensées ni de ses tourments, offrant une surface lisse presque aussi minérale que celle des roches de la Cordillère. Seul son regard animé de lueurs mouvantes, sans cesse changeantes, au diapason exact de ses humeurs et de ses émotions, montrait la faille de son âme. Elle inspira un peu plus, gagnée par une soudaine nostalgie de ce temps pas si lointain où elle volait aile contre aile avec Sky. Il était là, de l'autre côté de cet invraisemblable tas de cailloux, si proche et pourtant aussi lointain et inaccessible que la lueur irréelle des étoiles. Voler aussi près de la montagne était une souffrance étrange dans la mesure où elle pouvait tenter de réitérer leur exploit, après tout ils avaient bien réussi une fois ? Bien que la plus basique des raisons le lui interdît formellement. C'était une sorte de tentation malsaine, machiavélique, qu'elle repoussa les dents serrées, chassant l'image trop réelle de la silhouette de Sky afin de plutôt se concentrer sur sa mission actuelle, puisque c'était bel et bien cela : une mission de sauvetage. Le dragon volait en se concentrant afin de conserver une allure de croisière ne le faisant pas aller au-delà de ses forces. Il profitait des courants aériens se heurtant à la barrière minérale, afin de planer le plus souvent possible, s'économisant ainsi au maximum.

Il prenait garde néanmoins de voler assez haut afin que rien de ce qui venait du sol ne puisse le surprendre. Il avait appris la prudence !

Ils volèrent ainsi la journée entière ce qui ne fut aucunement un problème pour Nor', rompue à cet exercice, mais une longue, immense et atroce expérience pour les nains. Seule Pépin le supporta en s'endormant paisiblement blottie contre la jeune dragonnière. Vâlvătaie sourit malgré lui de l'abandon de la petite naine tout en se moquant ouvertement de la terreur qu'il inspirait aux autres membres de la famille.

Enfin au moment où le ciel rosissait, une sorte de muraille issue de la montagne même sembla vouloir barrer l'horizon. Gros Poing s'agita, bougonnant un peu plus fort, retrouvant un peu d'entrain. Il frappa l'épaule de la dragonnière d'une tape rude de sa grosse main calleuse, lui montrant la colossale barrière avec excitation :

— La Cité des Nains ! Nous y voilà !

Quelques minutes encore et ils parvenaient en vue de ce qui ne semblait être qu'une falaise. Toutefois plus ils s'approchaient plus l'on pouvait deviner les détails d'habitations creusées dans la roche. Avec une stupéfaction admirative, Nor' vit alors que toute la falaise n'était en fait qu'une ville. Une citée immense, aux ruelles creusées dans le roc, qui serpentaient en lacis jusqu'au sommet. Parcourues par de solides poneys tractant des charrettes lourdement chargées, les venelles desservaient des habitations troglodytes, générant des places ombragées par des arbres aux feuillages dorés, des boutiques aux devantures colorées, des ateliers crépitants de bruits ou de fumées. Plus ils s'avançaient plus ils pouvaient voir tous les détails stupéfiants d'une ville qui ressemblait étrangement à une fourmilière. Surplombant la multitude affairée, une colossale structure sculptée dans la roche même de la montagne, élevait vers le ciel clochetons effilés, tours crénelées, statues bigarrées et surtout les plus incroyables toitures que Nor' eût jamais vues. Réfléchissant les dernières lueurs du soleil en un miroitement presque éblouissant, elles semblaient tout à coup être la lumière elle-même, faisant cligner les yeux de tout le petit groupe, sous la violence du scintillement. Vâlvătaie ferma la double paupière de ses yeux, crachant une volute de fumée avec agacement. Qu'est-ce que c'était encore que tout ça !

— Les toits d'or du Palais du Roi ! s'écria Raffain avec entrain et admiration, mettant une main en visière afin de protéger ses yeux et contempler l'incroyable magnificence. Peu de nains avaient certainement pu se glorifier d'avoir vu le château à une telle altitude et sous un tel angle. En contrebas les gardes déambulaient paisiblement, ignorants de l'arrivée soudaine d'un dragon dans leur ciel.

— Pose-toi sur le parvis devant le Palais, ordonna Gros Poing à Nor'.

— D'accord, espérons qu'aucun garde nous prendra pour cible...

Virant souplement sur une aile, le long dragon descendit en spirale, ce qui donna instantanément mal au cœur à ses passagers peu au fait des figures aéronautiques. Quelques secondes encore et il tendait ses pattes griffues afin de se poser sur le sol lisse du Palais, créant du même coup un émoi indescriptible parmi les soldats royaux. Gros Poing sauta ou plutôt s'écroula le plus vite qu'il put, levant les mains tout en s'avançant en criant vers les gardes terrifiés. Nor' aida à descendre les autres membres de la famille, tout engourdis par la longue chevauchée. Ils retrouvèrent, avec un soulagement indicible, la stabilité rassurante de la roche. Les deux pieds posés sur la terre voilà qui semblait plus la place d'un nain !

Vâlvătaie roula une gorgée de feu, prêt à combattre et défendre Nor' si besoin était. Sans sembler le paraître, Nor' prit son arc à la main, prête elle aussi à se battre. Toutefois les gardes s'arrêtèrent en voyant Gros Poings débouler vers eux, ne sachant plus que penser ni que faire. Un officier reconnaissable à sa barbe habilement tressée et ses nombreux tatouages preuves de ses exploits et de sa vaillance, s'approcha avec circonspection du rude mineur qui ne lui laissa même pas le loisir de dire quoi que ce soit :

— Nous devons voir le Roi et ses conseillers. C'est une urgence écarlate, allez bouge-toi, mon gars !

Ainsi interpellé l'officier fronça ses sourcils broussailleux tout en s'écriant :

— Mais qu'est-ce que c'est que tout ce raout ? Qui êtes-vous ?

Suivirent quelques minutes d'explications énervées de la part de Gros Poings et d'incompréhensions tout aussi agacées de l'officier. Finalement la vue du casque que Gros Poings avait tenu tout au long du trajet, fit vaciller toutes les certitudes de l'officier et de ses soldats. La rumeur d'un énorme oiseau venu se poser avait déjà commencé à se répandre, faisant sortir de plus en plus de curieux hors du Palais.

Le chef même des armées s'approcha, repoussant les gardes encerclant le dragon, une main posée sur le manche de sa hache de Guerre qu'il portait en travers de sa ceinture. Il faillit tomber à la renverse en voyant le dragon, mais n'en montra rien. L'officier résuma l'histoire, montra Vâlvătaie, la famille naine et surtout désigna l'énorme casque que tenait toujours fermement le mineur. Finalement très heureux de passer la main à plus gradé que lui ! Le Général considéra l'objet quelques secondes avant de lancer d'un ton qui n'admettait aucune discussion.

— Suivez-moi, tous, le volatil compris.

Vexé d'être ravalé au rang d'une vulgaire poule, Vâlvătaie crachota quelques flammèches qui roussirent un ou deux gardes qui s'étaient malencontreusement trop approchés. Nor' posa une main apaisante sur son encolure serpentine tout en faisant au travers de ce langage télépathique qui n'appartenait qu'aux dragons et aux dragonniers :

— Calme-toi voyons, ils ignorent ce que tu es ; ils n'ont jamais vu de dragon.

— Hum et bien ils vont apprendre alors la différence entre un dragon et un gallinacée !

Elle serra un fugitif instant les mâchoires, ressemblant tout à coup si étrangement à son père, crispant une fraction de seconde ses mains sur son arc.

— Ils l'apprendront, mais n'oublie pas, ils ne sont pas nos ennemis.

À la suite du Général, ils se dirigèrent tous vers les hautes portes ferrées, fermant solidement le plus imposant bâtiment du château. Les portes s'ouvrirent comme d'elles-mêmes, sans bruits ni frottements et sans qu'aucune force humaine ou disons nanesque ne semble mise en œuvre. « De la magie » songea Nor' avec tout à coup une pointe d'appréhension. Vâlvătaie roula une énième boule de feu qui rougeoya dans sa gorge, poussant doucement sa dragonnière d'une bourrade alors qu'elle ralentissait afin de plus amplement regarder le colossal portail. Il était fait d'un bois sombre, presque noir, formant un dôme parfait, si haut que même Morkeleb aurait pu passer sans avoir à baisser la tête ou plier les ailes... C'était plutôt impressionnant. Poussée par Vâlvătaie, la jeune fille avança en suivant Gros Poings qui fonçait derrière les gardes et le Général.

Ils entrèrent alors dans une salle immense, au plafond si haut qu'il était presque impossible de le voir ou de déterminer qu'il y en ait un. Le sol, comme les murs, était seulement constitué de roche, mais d'une roche creusée afin d'en faire cette stupéfiante salle soigneusement, méticuleusement sculptée. Pas un centimètre qui ne fut ouvragé par de fins et délicats dessins ciselés à même la roche grise, ou par de formidables statues de toutes tailles, procurant une bizarre impression de grandeur et d'écrasement. Des cabochons d'or insérés sur le sol en un dessin complexe et régulier, renvoyaient une lueur dorée presque intimidante. Nor' se surprit à éviter de poser ses bottes sur ces délicates enluminures, effarée malgré elle par tant de magnificence. Jamais elle n'eut pu croire que ces nains détenaient tant de richesse et de savoir-faire. Au loin, là-bas, posée sur une plateforme éclairée de torchères, se trouvait un trône à l'image de la salle. Le trône resplendissait de milliers de pierres précieuses, répandant un scintillement si éblouissant qu'il faisait mal aux yeux. Nor' dût cligner des paupières afin de s'accommoder à ces éclats trop lumineux. Elle déglutit avec peine, impressionnée malgré elle, réalisant qu'en comparaison la salle du trône de son propre Roi, le Roi Dragon, semblait bien piètre voire indigente… c'était une étrange et peu rassurante constatation.

En quelques secondes la salle parut se remplir d'une foule venue d'on ne sait où. Tout soudain le silence se fit. Un silence pétri de respect. Le Roi, sa sérénissime majesté le grand Roi Tarquin le Titan, entrait dans sa salle du trône suivi par ses ministres et conseillers. Sans autre préambule il s'avança vers le groupe massé autour du dragon, la foule s'ouvrant avec précipitation devant lui. Tous les nains présents s'inclinaient largement au passage de leur Roi, une main posée sur leur ventre, une autre sur leur hache, signe de déférence. Le Roi s'approcha de Nor', le dos raidit dans un garde-à-vous glacé, fruit de longues heures de rabrouement de la part de ses instructeurs. À ses côtés tous s'inclinaient cérémonieusement.

Gros Poings lui lança un violent coup de coude, peu discret afin de l'inciter à saluer. Elle secoua imperceptiblement la tête en signe de refus.

La Roi se planta devant elle, la considérant de bas en haut avec attention. Tarquin le Titan portait magistralement son nom comme elle s'en aperçut aussitôt. Il dépassait tous les autres nains d'une bonne tête ce qui lui permit de la regarder quasiment droit dans les yeux. Il arborait une longue barbe d'un noir de jais toute méticuleusement tressée, soulignant un regard brun, vif, intelligent et fort peu amène. Sa tenue était simple, sa mise presque ordinaire, si ce n'était sa taille hors du commun ainsi que la couronne d'or et de joyaux qu'il portait il aurait pu passer pour n'importe quel nain. Mais il n'était pas n'importe qui.

— Quel est ton nom et que fais-tu dans mon Royaume, irrespectueuse créature ?

— Maître archer Nor' Maîtresse de Vâlvătaie, je viens du Royaume de Terra Draco qui se trouve au-delà de ces montagnes. Je ne suis en rien irrespectueuse, un dragonnier ne s'incline que devant son Capitaine ou son Roi.

À ces mots un murmure d'étonnement agita toute la foule. Le Roi leva un doigt sur lequel brillait un lourd sceau avec ses armoiries. Le silence retomba, nettement plus lourd. Vâlvătaie se redressa, sensible aux fluctuations d'émotions. Il souffla une bouffée de fumerolles qui s'échappa par ses naseaux, faisant s'écrier de stupeur les personnes les plus proches. Tous reculèrent d'un pas. Tous sauf Tarquin qui considéra l'immense animal avec une sorte de curiosité intriguée, tout en hochant la tête comme s'il goûtait le sel des paroles de la jeune dragonnière.

— Très bien, fierté et fidélité nous savons ce que cela veut dire. Je comprends. Ainsi tu dis venir de l'autre côté du monde ? Hum... Et qu'es-tu donc ? Qu'est-ce que cette chose reptilienne qui t'accompagne ?

— Je suis une dragonnière et voici mon compagnon, Vâlvătaie ce qui dans la langue ancienne des dragons signifie : Brasier. Nous avons franchi la chaîne des montagnes afin de voir si les légendes disaient vraies. Nous sommes hélas tombés. Nous serions morts tous deux sans le soutien de la famille de Gros Poings et Joliemain.

Le mot dragon parcourut toute la foule, avant de s'échapper, gagnant peu à peu toute la Cité, en commençant par les troupes des gardes puis les palefreniers des écuries pour enfin filer vers les rues proches du palais, bondissant de maisons en maisons. Un dragon... Un dragon !

Tarquin la fixa sans rien dévoiler de ses pensées, la dévisageant sans mot dire. Elle crispa les mâchoires sous l'examen, raidissant un peu plus ses épaules, affichant l'air le plus impavide qu'elle put. Seul son regard tournoyait du vert pur au rouge sang en passant par des bleus lagons glaçants, dévoilant son anxiété. N'y tenant plus elle s'exclama :

— Majesté ce que nous sommes mon dragon et moi-même ne compte guère à l'heure qu'il est. Je suis prête à décrire tout ce que vous voulez sur mon monde, lorsque nous vous aurons dit ce qui nous amène ici. C'est capital !

En tremblant quelque peu d'appréhension devant son Roi, Gros Poings s'avança, portant toujours l'énorme casque. Il le brandit devant lui tout en s'écriant :

— Mon Roi, nous avons été attaqués par une demi-douzaine de géants, voici la preuve !

Tarquin caressa lentement sa barbe, en un geste machinal qui le soutenait toujours dans sa réflexion. Il se tourna vers le Général en chef des armées faisant d'une voix froide :

— Combien d'attaques de géants ont déjà été signalées ?

— Une dizaine Majesté...

— C'est inquiétant. Très inquiétant... Depuis les guerres anciennes, nous les avons crus disparus, à tort à ce qu'il semble.

La foule s'agita, un murmure angoissé la parcourant comme une flamme, s'enflant de plus en plus de minutes en minutes : les géants revenaient...

— Il n'y a pas de quoi s'inquiéter Majesté, fit le Général, voulant se montrer rassurant. Nous les repousserons et les exterminerons comme l'ont fait nos aïeux. Les géants sont certes grands, mais nous, nous avons des armées entraînées et des armes les plus modernes qui soient. Les géants ne sont après tout que de simples sauvages tout nus !

Le Roi se pencha avec une lenteur calculée, prit des mains de Gros Poings l'imposant casque, le tendant vers le Général :

— Ceci fait-il partie de la panoplie de vos sauvages tout nus ?

Le Général blêmit, bafouillant sans même que Tarquin n'y prenne garde. Ce dernier poursuivit d'un même ton :

— Ceci prouve une certaine habileté à manufacturer des objets. Je veux toutes les armées sur le pied de guerre et une réunion de tous vos généraux dans une heure dans la salle du conseil.

S'adressant brusquement à Nor', il fit d'une voix qui n'admettait aucune réplique :

— Vous resterez à la Cité à la disposition de mes conseillers afin de leur décrire précisément ce que vous avez vu. De surcroît je vous mobilise tous deux à mon service.

Il leva la main afin de prévenir toute discussion de sa part, lui jetant un regard froid que Tar'dva lui-même n'eut pas dédaigné.

— C'est mon droit absolu en temps de guerre.

Puis il lui tourna le dos entraînant à grands pas ses ministres, laissant Nor' pantoise et furieuse.

Gros Poings lui tapota la main :

— Ne t'en fais pas p'tiote, c'est bien d'être au service du Roi tu auras de la bière gratuite ! Allez viens, nous allons à la maison.

Quelques minutes plus tard accompagnant toute la famille de Gros Poings, elle parcourait les ruelles de la Cité, éberluée par la foule, la richesse des façades, les somptueuses devantures des boutiques abondamment garnies d'objets, outils, vêtements, armes ou bijoux, le nombre ahurissant de tavernes qui toutes semblaient déborder de monde. Vâlvătaie, agacé par ce trop-plein de remue-ménage, était parti se nicher dans un coin éloigné de la montagne. Elle l'aurait suivi plus que volontiers !

Finalement au bout de longues minutes à se faire bousculer ou à veiller à ne pas se faire écraser par des charrettes encombrées, ils parvinrent devant une bâtisse construite dans une ruelle presque paisible. La maison de deux étages faisait face à l'immense vallée surplombée par la Cité falaise. La vue était impressionnante, presque autant que celle que l'on pouvait avoir depuis la Citadelle, songea Nor'. Sans plus attendre, Gros Poings exhiba de sous sa barbe une grosse clef, il la plaça aussitôt dans la serrure de la lourde porte peinte d'un vert marin, renforcée par de solides clous hardiment pointus. La porte s'ouvrit dans un bref grincement. Nor' poussée par Pépin entra à son tour.

Comme à son habitude Joliemain prit tout en main. Houspillant les uns les autres, ouvrant les fenêtres, repoussant rideaux et volets, jetant un balai et un chiffon à ses filles, propulsant Raffain dehors avec un panier et une liste conséquente de courses. En quelques minutes telle une tornade elle réveilla la maison endormie.

Nor' préféra prudemment s'éclipser. Elle traversa la ruelle afin d'aller s'accouder au muret en pierre grise bordant la route escarpée, creusée à même le flanc de la falaise. La circulation était moindre dans cette rue un peu à l'écart de l'axe principal qui desservait la Cité, montant depuis le bas des portes jusque tout là-haut au Palais du Roi Tarquin.

Avec un certain soulagement elle retrouva un peu de calme après cette étrange journée. Tout en laissant son regard changeant errer sur la vallée s'étendant devant la ville troglodyte et gagnée par les ombres de la nuit, elle songea à son combat contre le géant, analysant ses fautes, comme ses instructeurs le lui avaient si longuement seriné, voyant ce qu'elle pourrait améliorer à l'avenir. Elle haussa une épaule en soupirant, un brin découragée. Que pourrait-elle faire de plus ? Ses flèches n'étaient pas assez puissantes pour vaincre de telles créatures. Tout juste si cela leur faisaient l'effet d'un cure dent ! Les aveugler était une bonne option, mais nécessitait de s'approcher suffisamment pour un tir ajusté à la perfection. Le feu de Vâlvătaie l'avait bien calmé néanmoins. Peut-être pourrait-elle essayer des flèches enflammées ?

Elle cligna des yeux, soupirant derechef sans même s'en apercevoir. Qu'allait-il se passer à présent ? Elle était *de facto* engagée dans une guerre qui ne la concernait pas, ou du moins qui ne l'aurait pas concernée quelques semaines auparavant. Aujourd'hui tout était bien différent. Ne devait-elle pas s'accoutumer à oublier d'où elle venait afin de voir ce nouveau monde auquel elle appartenait à présent ? Qu'elle le veuille ou non...

Un vent léger, un souffle à peine, ébouriffa ses mèches courtes ne répondant plus aux sévères critères de la coupe réglementaire. C'était une sensation un peu étrange de sentir de timides boucles s'arrondir dans son cou, une douceur certaine qui remplaçait la rudesse d'une nuque toujours méticuleuse rasée, coiffure obligatoire pour un port de casque optimal. Elle réalisa brusquement que dans toute cette débâcle elle avait perdu, oublié son casque et sa longue cape sombre. Son cœur se serra un instant. Il lui faudrait certainement apprendre à laisser peu à peu tout ce qui venait de son monde... Ce qui ne se ferait pas sans déchirement.

Son regard brillant d'un bleu turquoise troublé et triste, elle fixa l'horizon lointain de la vallée où s'étirait un lac aux eaux étales bordé par de profondes forêts, sans pourtant le voir clairement. Sous ses yeux ce n'était plus un lac de montagne qui s'étendait là, mais un autre aux eaux minérales dans un paysage presque lunaire de sable rouge et ocre. Elle secoua la tête s'efforçant de revenir à la réalité. Sa nouvelle réalité. Cette réalité où elle était la seule humaine dans un monde partagé entre deux espèces opposées et vindicatives. Elle s'efforça de voir le bon côté de la situation, après tout Vâlvătaie et elle, allaient idéalement bien et ils étaient parvenus à sauver leurs amis nains. Que pouvait-elle espérer de plus ?

Un grognement satisfait lui répondit, tandis que Vâlvătaie murmurait depuis son abri montagneux :

— Tant que nous sommes tous les deux, rien ne peut mal aller. Le reste importe peu. Et qui te dit qu'avec le temps nous ne trouverons pas une solution afin de retourner chez nous ? Et puis vois comme nous avons de la chance : nous partons à la guerre ! Chez nous c'est la paix du

Roi partout, nous n'aurions rien fait d'autres que d'ennuyeuses missions si nous étions restés.

— Nous avons donc beaucoup de chance, c'est ça ?

— Complétement ! s'exclama le dragon avec une sorte de goguenardise gourmande, s'imaginant déjà affronter des hordes de géants, belle revanche pour le plus petit des dragons de Terra Draco !

Nor' ne put s'empêcher de sourire, requinquée malgré elle par la bonne humeur et l'optimisme tout dragonique de son compagnon ailé. Après tout il avait raison, ce serait là une expérience unique et pourquoi pas fort enrichissante... S'ils y survivaient !

Elle se redressa, regardant tout à coup la ville d'un autre œil. Oui elle pouvait profiter de tout ce qu'il lui arrivait sans regarder sans cesse en arrière, bien que l'ombre écrasante de la Cordillère lui rappelât sans discontinuer que tous ceux qu'elle aimait se trouvaient de l'autre côté. Inaccessibles. Elle repoussa cette pensée, une fois encore, préférant admirer la ville étagée sur toute la falaise. C'était une vision stupéfiante en particulier à cause de l'importance de cette Cité comptant des dizaines de milliers d'habitants. Les façades des maisons étaient le plus souvent gagnées sur la roche, faites en briques recouvertes d'étonnants enduits colorés, jaunes, verts ou encore bleus égayant la roche grise comme autant de bouquets de fleurs. C'était à la fois exubérant et bizarrement très plaisant, à l'image des nains. Toute la ville semblait une cacophonie de couleurs chatoyantes pas seulement à cause des façades ou de la couleur vive des volets, mais aussi par les vêtements aux coloris éclatants, donnant à la foule des allures de fête perpétuelle. C'était assez déroutant pour Nor'. Elle ne pouvait s'empêcher de comparer cette Cité avec celle d'où elle provenait, l'impérieuse Citadelle aux murs blancs et à la sobriété de rigueur. Non vraiment rien ne l'avait préparée à un tel choc des cultures ! Elle comprenait un peu mieux ce que sa mère, Mona, avait dû vivre en déboulant sur Terra Draco.

La ville semblait de surcroît en perpétuelle agitation. La rue principale paraissait ne jamais devoir désemplir des chariots surchargés montant desservir marchés et tavernes, de ceux qui redescendaient soit vides soit emplis d'outils, de bijoux ou encore de vêtements méticuleusement fabriqués dans les nombreux ateliers parsemant la ville ; chaque quartier ayant semblait-il sa spécialité. On trouvait ainsi le quartier des orfèvres avec ses larges avenues et ses devantures richement ornées, reconnaissables aux peintures dorées dont ils peignaient tout ce qu'ils pouvaient. C'était criard, presque aveuglant à force d'être brillant, pourtant malgré tout cela donnait le tempo de ce faubourg. Ainsi chaque secteur de la ville arborait-il une particularité frappante que chacun des habitants s'ingéniait à exacerber, car rien n'est plus fier qu'un nain.

Le quartier de la famille de Gros Poings était quant à lui, celui des mineurs, l'un des secteurs les plus enviés comme la jeune dragonnière devait le réaliser un peu plus tard. En effet être mineur et avoir sa propre mine était le but de tout bon nain qui se respecte. Avec une vraie stupéfaction elle réalisa que la famille de Gros Poings était une famille de notable. Les nains ne cesseraient jamais de la surprendre.

Outre la symphonie bigarrée de couleurs, ce qui achevait de frapper l'esprit c'était bel et bien le brouhaha de la cité : grincement des charrettes, cliquetis du piétinement des poneys ferrés avec des crampons, cris des nains qui s'interpelaient d'une taverne à l'autre, roulement des tambours des crieurs de nouvelles qui récitaient d'une voix rauque les ultimes potins du royaume, interpellations des vendeuses du marché le plus proche, vociférations des matrones envers leurs insupportables rejetons... Tout cela formait une carte auditive particulière, à laquelle Nor' n'était pas plus accoutumée qu'au reste !

Elle en était là de ses réflexions lorsqu'elle ressentit un choc violent à l'épaule. Elle se retourna vivement, dans un mouvement trop rapide pour être réellement humain. Son regard s'était déjà chargé de dangereuses lueurs sanglantes tandis que sa main avait saisi la garde de son épée.

Lui faisant face, juste de l'autre côté de la ruelle, se tenait un groupe de gamins d'une petite dizaine d'années. Sa main s'abaissa. Un autre caillou lancé par un petit costaud aux cheveux noirs et ébouriffés fusa néanmoins vers elle, alors que le gamin s'exclamait :

— Meurs sale géant !

Elle évita aisément le pavé, d'un simple mouvement de la tête, ne pouvant s'empêcher de sourire de la détermination des enfants.

— Eh je ne suis pas un Géant !

Stupéfait de l'entendre parler en nanesque, les gosses se figèrent. Le plus grand fronça les sourcils tout en lançant d'un ton gouailleur :

— Ben qu'es-tu donc si ce n'est un géant ?

— Je suis une dragonnière. Une humaine. Je viens d'un monde situé de l'autre côté de la montagne. Et crois-moi sur parole les géants ne me ressemblent guère...

Le gamin lui jeta un coup d'œil encore soupçonneux avant de faire avec une curiosité impossible à endiguer :

— Tu as déjà vu un vrai géant ?

Un sourire éclaira son visage fin, tandis qu'elle hochait la tête.

— Oh que oui ! Pas plus tard que ce matin.

Avec un sens du récit et de la dramaturgie qu'elle s'ignorait, elle leur narra sa rencontre et son combat avec le géant. Les gamins buvaient chacune de ses paroles. Il n'était plus question de la caillasser bien au contraire ! Ils la bombardèrent cette fois de questions avant que Romarin ne surgissent de la maison et s'avance vers Nor', les poussant sans ménagement.

— Allons graine de voyous rentrez chez vous !

Puis s'adressant à Nor', elle fit d'une voix excitée :

— M'am' veut que nous allions au marché trouver du tissu pour te faire des habits décents, disons autres que cet uniforme... Tu viens ?

Nor' ne put s'empêcher de lisser sa veste en cuir, qui avait certes pâti de leur descente impromptue depuis le faite de la Cordillère.

— Bah il est très bien mon uniforme...

Romarin lui renvoya une simple moue dubitative tout en la prenant par le bras. Elle l'entraîna à sa suite avec une autorité qui n'était pas sans rappeler celle de sa mère. En son for intérieur Nor' songea que son amoureux avait quelques soucis à se faire ! Elle perçut le rire grinçant de Vâlvătaie lui susurrant qu'elle était fort mal positionnée pour émettre la moindre critique sur un tel sujet... Question autoritarisme elle se posait là !

Ce soir-là, allongée dans le lit que Gros Poings lui avait spécialement bricolé, par chance avant de passer à la taverne retrouver ses amis mineurs, Nor' les yeux grands ouverts sur l'obscurité diffuse de la nuit ne trouvait pas le sommeil, pensant à tous les événements de cette seule journée. Hier encore elle ignorait tout ou presque de la civilisation naine, songeant vaguement à un peuple dispersé de mineurs. Jamais elle n'aurait cru qu'ils soient non seulement aussi nombreux, mais aussi avancés technologiquement parlant. Elle réalisa qu'elle les avait sous-estimés voire considérés de tout son orgueil de dragonnière. Il faudrait qu'elle s'attende à être étonnée de leurs compétences. Ils étaient peut-être buveurs invétérés et rudes d'aspect, mais cela n'empêchait en rien le dynamisme de leurs pensées et de leurs réalisations.

Leurs habitations elles-mêmes étaient plus confortables que celles du peuple de Terra Draco, même en les comparant aux châteaux des plus riches seigneurs. La cuisine de Joliemain par exemple était équipée d'une vasque creusée dans la roche où un filet d'eau courante, pure et cristalline puisque provenant de la montagne même, s'écoulait en permanence. La seule cheminée se trouvait dans la cuisine, servant principalement pour la cuisson de la nourriture, ce qui ne manqua pas d'étonner la jeune humaine. En effet ainsi bâtie au pied de la cordillère la Cité devait endurer un climat rigoureux en hiver, alors comment pouvaient-ils se chauffer ?

Romarin avait éclaté de rire, tentant de lui expliquer que le chauffage provenait de tuyaux d'eau chaude qui circulaient sous le plancher. Elle l'avait alors entraînée vers la salle de bains de la maison. Nor' en était restée une seconde stupéfaite, réussissant à cacher son ébahissement grâce à sa discipline. Jamais elle n'avait vu une chose pareille ! Enfin si à l'Antre il y avait bien un lieu consacré aux ablutions, qui comme ici, était alimenté par l'eau de la montagne. La comparaison s'arrêtait toutefois là. Ici l'eau qui cascadait dans un large bassin en pierre soigneusement poli, était chaude, incroyablement chaude, embuant en permanence la pièce dans une atmosphère délicieusement tiède. Des coussins en velours multicolores s'étendaient sur diverses méridiennes taillées dans le roc, tandis que des étagères en bois sculptées croulaient sous les serviettes ou les fioles d'onguents odorants. Romarin lui avait expliqué que la falaise ainsi qu'une partie de la montagne était d'origine volcanique, il suffisait de détourner l'eau de rivières souterraines, réchauffée par le magma, pour alimenter les maisons en eau chaude ; cela semblait une évidence pour elle, pour Nor' cela avait été un choc. Elle se souvenait des bains glacés la laissant presque bleue de froid, mais auxquels aucun dragonnier ne se serait soustrait. Autant de confort apportait-il mollesse et indolence ? Elle en doutait à voir le caractère des nains !

Le soir même elle avait eu le droit de tester toute la douceur d'un bain parfumé aux pétales de roses. Avec une sorte d'extase gênée, elle s'était allongée peu à peu dans l'eau, appréciant l'arôme de la mousse qui s'envolait en petites bulles roses, avant d'éclater dans de minuscules « plop » qui la surprirent et la firent rire. On n'employait pas vraiment de tel savon chez les dragonniers !

Avec un sentiment confus de langueur, de bonheur qui l'avait fait frissonner, elle n'avait pu s'empêcher de se demander si elle était bien à sa place tandis que tout son corps se détendait petit à petit. Les dragonniers n'étaient pas fait pour la douceur de la vie, avait-elle le droit de prendre tant de plaisir dans ce bain rose et moussu ? Pourtant son corps malmené, encore couturé de cicatrices, avait répondu à sa place, se relâchant enfin. Elle n'avait encore que si peu éprouvé de tels moments de relaxation totale. Lorsqu'elle volait avec Vâlvătaie oui, lorsqu'elle retrouvait Sky sans doute, bien que ces moments-là ne soient que des particules fugitives, chapardés à la réalité, dans lesquels elle ne se laissait jamais aller totalement.

Elle avait lavé ses cheveux qui poussaient en un loufoque désordre de mèches blondes, tandis que sa cicatrice s'estompait lentement sous un fin duvet blanc. Sentant la rose de la tête aux pieds avec une telle intensité qu'elle en avait la tête qui tourne, Nor' avait revêtu la robe qu'avec Romarin elles avaient choisie au marché et que Joliemain en deux temps trois mouvements avait mise aux mensurations de la jeune humaine, la rallongeant avec un bout de tissu, la resserrant à la taille. Avec naturel Romarin l'avait coiffée, tentant de discipliner ses mèches rebelles, accoutumées à être coupées toutes les demilunaisons afin de conserver en permanence un aspect rigoureusement discipliné.

— Dans quelques semaines je pourrai te faire de jolies coiffures, tu verras ! avait remarqué Romarin avec un enthousiasme que Nor' n'était pas tout à fait certaine d'éprouver.

Bain, robe, coiffure... À présent chambre individuelle, tout cela était un peu trop à la fois pour elle ! En effet Joliemain avait pris en charge de sa poigne digne d'un instructeur, toute l'organisation de la maisonnée, ce qui fit qu'en fin de journée le garde-manger était plein, la maison aérée, les chambres balayées et les lits faits. Nor' s'était vu attribuer pour elle seule une petite chambre inoccupée faisant office de débarras. Elle avait été rapidement débarrassée de tout ce qui l'encombrait tandis que Raffain et Gros Poings bricolaient un lit aux justes mesures de la jeune humaine. Joliemain avait rajouté une commode, une table, une chaise en paille avant de considérer les mains sur les hanches, la chambre d'un œil critique.

— M'ouaie ça ira pour aujourd'hui. Mais ne t'en fais pas on arrangera ça pour que ce soit confortable.

Nor', qui n'avait jamais rien connu d'autre que les dortoirs qu'elle partageait avec son squadron, n'avait pu s'empêcher de jeter un coup d'œil effaré à Joliemain. Pour elle cette pièce était déjà un palace !

Alors les yeux grands ouverts dans la nuit, elle se leva, appréciant la fraîcheur de l'air qui caressait ses bras et ses jambes nus sous la chemise de nuit qui avait appartenu à Romarin.

Sans même avoir besoin d'allumer la lampe à huile se trouvant sur la table, grâce à ses sens exacerbés et ses yeux nyctalopes, elle ouvrit la fenêtre en grand, repoussa les volets, respirant l'air glacé de la nuit avec un sentiment d'ivresse. Tout était si parfait et cependant si affreusement injuste. Elle appréciait tout ce confort, tout ce luxe, pourtant elle ne se sentait pas à sa place. Elle ne faisait pas partie de ce peuple. Elle était une dragonnière accoutumée à vivre à la dure, à s'entraîner jour après jour dans une discipline de fer, à ne respirer qu'en fonction de cent autres respirations, celles des autres dragonniers de son squadron. Aujourd'hui elle était seule. Seule pour la première fois de sa courte vie. L'expérience était troublante. D'un côté elle retrouvait son individualité, laissant émerger cette personnalité qu'elle voulait refouler, cette féminité qu'elle n'envisageait qu'avec difficulté et d'un autre côté elle éprouvait tout soudain la crainte de cette solitude : personne ne serait là afin d'assurer ses arrières.

D'un seul geste elle déboutonna la chemise de nuit, la jetant sur le lit, avant de prendre son uniforme et de l'enfiler avec une sorte de soulagement. Elle appela Vâlvătaie tandis qu'elle finissait de boucler sa ceinture et ajuster son carquois dont elle ne se séparait sous aucun prétexte. Quelques secondes plus tard une ombre fila avec un bruissement fluide juste sous la fenêtre de la jeune fille. Sans hésiter elle se laissa tomber. Elle se rétablit sur l'encolure du dragon qui, virant en une spirale vertigineuse les emporta en quelques coups d'ailes vers un coin désert de la montagne. Là dans une paix retrouvée, blottie entre les pattes griffues, mais amicales de Vâlvătaie, Nor' s'endormit enfin. Vâlvătaie la regarda quelque temps, se retenant d'éternuer pour ne pas l'éveiller : toute cette senteur rose c'était un peu trop pour son odorat ! Il se contint néanmoins, allongea son encolure serpentine, fermant les yeux à son tour dans un grondement sourd de béatitude. Pour lui la vie était plus simple, même si une part de lui comprenait les tourments de sa jeune dragonnière. Lui aussi regrettait son monde. Même si les dragons n'entretenaient pas d'indéfectibles amitiés entre eux, il regrettait beaucoup la grande et belle Lyra à la robe d'azur...

Le lendemain, dans l'aube naissante, Nor' revint chez Gros Poings et Joliemain, rassérénée par sa nuit. Les premiers rayons du soleil illuminaient d'un rouge mordoré les écailles de Vâlvătaie. Avec un grand mouvement d'ailes il se posa dans la ruelle, tirant du lit les habitants du quartier qui n'en croyaient pas leurs yeux. Certains pensèrent même avoir un peu trop abusé de la bière la veille au soir !

Les enfants furent les plus hardis. Sans même réfléchir ils se précipitèrent dans la rue afin de voir le phénomène de plus près. Le même gamin que la veille, hésitant à trop s'approcher considérait tout à tour la jeune humaine et son dragon. Nor' lui sourit, tout en sautant à terre.

— Tu vois ne t'avais-je pas dis que j'étais une dragonnière !

Dans un froissement d'air Vâlvătaie s'envola, partant à la recherche d'un petit déjeuner. Nor', elle, entra d'un pas sûr dans la maison à la façade jaune et aux volets verts, avec l'étrange impression de revenir dans son foyer. Elle fut accueillie par Joliemain qui turbinait déjà dans la cuisine, roulant des pâtes, touillant une sauce, bref préparant un petit déjeuner nanesque de base.

Elle ne fit toutefois aucune réflexion à la jeune fille, se contentant de la sommer de mettre le couvert. Bientôt toute la famille prit place autour de la longue table en bois patiné par des générations de nains. Chacun se servit des plats fumants. Soudain Nor' se sentit à sa place, au milieu de cette famille bruyante, agitée et cependant si ouvertement affectueuse. Jamais elle n'avait connu ce sentiment-là.

Ce jour-là et les jours qui suivirent elle n'eut toutefois pas l'occasion de se complaire en auto introspection, car appelée à maintes reprises au palais du Roi Tarquin le Titan, elle dût décrire un nombre incalculable de fois son combat contre le géant, aux généraux, à des experts en armements, à des ingénieurs. À la fin elle n'en pouvait plus, mais les nains semblaient satisfaits, ce qui était déjà ça !

Peu à peu toute la Cité entra dans une sorte d'effervescence qui la surprit, alors que les récits des batailles d'antan résonnaient encore à ses oreilles. Des messagers montés sur de vigoureux poneys aux poils longs furent envoyés à travers tout le pays afin de non seulement prévenir les nains les plus éloignés de la menace, mais aussi afin de faire venir le maximum de bras capables de manier une hache. Les routes pavées menant à la ville-falaise furent bientôt envahies par un défilé ininterrompu de chariots apportant qui des marchandises, qui des nains venus grossir volontairement les rangs des armées du Roi. Pas besoin de quelconque conscription, il suffisait de promettre de belles batailles et beaucoup de bière pour voir arriver tous les nains du pays !

Dans les ateliers les forgerons ne chômaient pas, travaillant nuit et jour afin de pouvoir offrir en suffisance haches de guerre, arcs, flèches, casques et boucliers à tous les volontaires.

Gros Poings et Raffain eux-mêmes furent parmi les premiers à arborer la lourde hache de guerre au tranchant si effilé qu'on pouvait disait-on se raser avec. Bien évidemment nul ne tenait à essayer : eh quoi perdre sa barbe et sa dignité avec ?

Gros Poings emmena d'autorité la jeune dragonnière chez l'un de ses amis forgeron afin que ce dernier lui confectionne un casque ainsi que, pourquoi pas, une armure. Nor' refusa l'armure, mais accepta volontiers le casque. L'artisan avait là, posé sur des étagères tout un stock incroyable de heaumes des plus simples aux plus exagérément décorés, des casques à cornes avec ou sans nasal. Le choix était vertigineux. Elle finit par jeter son dévolu sur l'un des plus simples avec un solide protège-nuque et des garde-joues descendant suffisamment loin pour couvrir toute sa mâchoire. Elle regrettait le sentiment de sécurité que lui procurait son ancien casque. Elle dut néanmoins admettre que celui-ci était nettement plus confortable et plus léger. Mais serait-il assez résistant ? Devant la mine interrogative de Nor', le forgeron, solide nain jovial aux bras plus larges que les cuisses de la jeune humaine, prit délicatement le casque dans ses énormes mains aux doigts noueux le plaçant sur un établi. Se munissant d'une hache posée dans un coin, il la brandit avant d'en assener un coup d'une puissance inouïe. Nor' faillit sursauter, se retenant de justesse. Le casque lui n'avait pas bronché, à peine avait-il une minuscule éraflure. Le forgeron se tourna vers Nor', un gros sourire goguenard illuminant sa face rubiconde.

— Alors c'est-y pas de la qualité ça ?

Nor' ne put que hocher la tête et approuver. En effet jamais encore elle n'avait vu pareille chose. Elle osa toutefois demander :

— En quoi est-ce fabriqué pour être aussi résistant ?

— Oh c'est un secret ! Mais je peux te dire que nous utilisons divers métaux dont l'un très rare provient des météorites. Après c'est tout le savoir-faire d'un nain !

Le forgeron lui proposa ensuite tout une gamme de boucliers, mais Nor' les refusa tous. De par le mode de fonctionnement d'un dragon, un bouclier était plus encombrant qu'autre chose. La force d'un dragon résidait dans sa rapidité et sa vitesse d'action, et pour la jeune archère dans le fait tout simple de pouvoir décocher une flèche en moins de deux secondes.

La question du bouclier fut donc réglée même si le forgeron la considéra en bougonnant. Gros Poings entraîna ensuite Nor' d'un pas vif vers un faubourg excentré de la Cité. Bâti dans une faille de la falaise, s'élevait là une forteresse d'aspect inexpugnable : la Caserne principale abritant une dizaine de milliers de soldats. Autant que toute la population de la Citadelle ! Le chiffre fit tourner la tête de la jeune fille. Cette ville était à tous les sens du terme, prodigieuse. Profitant de l'espace créé par la faille, les nains l'avaient comblée en aménageant un vaste terrain d'entraînement, où des milliers de soldats pouvaient se perfectionner. Bâti sur les hauteurs de la faille, le bâtiment même de la forteresse offrait une succession de tours et tourelles de guets tandis que les infrastructures réservées aux soldats même s'étendaient loin dans le cœur de la montagne. Nor' resta saisie, impressionnée malgré elle par l'ingénierie de ce peuple volontiers buveur et râleur, et pourtant capable de bâtir de tels donjons.

Sans lui laisser le temps d'admirer les constructions, de comprendre l'utilité des divers fortins ou encore d'étudier les techniques des archers nains s'exerçant sur un terrain réservé à cet effet, Gros Poings lui saisit le bras, la traînant littéralement vers une poterne solidement gardée. Il déclina son identité ce qui suffit à leur laisser le passage. Poussant la jeune fille devant lui ils traversèrent un pont levis avant de franchir une porte basse. Ils enfilèrent ainsi quelques couloirs s'enfonçant toujours plus loin dans le roc, jusqu'à faire perdre tout sens de l'orientation à Nor'. Contrairement aux nains, les dragonniers n'étaient absolument pas faits pour arpenter des boyaux souterrains ! Leur territoire normal était situé dans le ciel. Là ils pouvaient se rire du vent ou des nuages et être ce qu'ils étaient pleinement : des prédateurs féroces, silencieux comme une brise sauvage.

Enfin au moment où Nor' commençait à sentir son sang battre à ses tempes et les paumes de ses mains devenir moites, ils parvinrent devant une haute porte toute renforcée de fer et de clous. De nouveaux les gardes rudement armés de haches et de lances aux pointes aiguisées comme des rasoirs, les laissèrent entrer. Ils avaient semblait-il des ordres en ce sens.

Ils pénétrèrent alors dans une ancienne grotte aménagée en réserves d'armes. Partout où l'œil se posait il n'y avait que haches luisantes suspendues à des râteliers, ballots de lances posés les uns sur les autres tels des fagots de bois, toutes sortes d'arcs longs ou à poulie réalisée dans divers matériaux pour des résultats bien précis. Un peu plus loin c'étaient des centaines de milliers de flèches minutieusement rangées et serrées dans des tonneaux. Pour le coup la tête de la jeune archère se mit effectivement à tourner. Un gros nain à la bedaine omniprésente surgit d'entre les caisses, s'avançant vers eux, fronçant ses sourcils épais, aussi roux que la queue fauve d'un écureuil. Comme reconnaissant soudainement Nor' il quitta presque aussitôt son air mal aimable afin de se fendre d'un cordial sourire :

— Ah, enfin la dragonnière vient me rendre visite ! Que te faut-il ? Une lance ? Des haches de jet ?

Interloquée Nor' ne put que secouer la tête, ce fut Gros Poings qui répondit à sa place comme s'il venait de prendre la place d'un père un peu protecteur.

— Non non pas du tout ! Il lui faut des flèches, et pas n'importe quoi, les plus solides et barbelées que tu puisses avoir. Il lui faudra aussi des flèches à enflammer.

L'armurier sembla un peu déçu. Il partit néanmoins farfouiller son apparent désordre. Il revint quelques secondes plus tard, portant tout un stock de flèches. Il en tendit une à Nor' afin qu'elle juge par elle-même de la qualité. Elle la soupesa, la posa sur la pointe d'un doigt afin de juger son équilibre, admira l'empennage fait de plumes d'un bleu profond à la fois souples et robustes qu'elle ne connaissait pas. Ensuite elle examina la pointe même réalisée en un alliage mystérieux de métal à la fois résistant et étonnamment aiguisé. Le seul fait d'en frôler la pointe lui coupa légèrement l'index. Elle sourit : voilà exactement ce qu'elle voulait !

Gros Poings voyant sa satisfaction, attrapa d'autorité les deux rouleaux de vingt-cinq flèches chacun tout en tendant une autre flèche à la jeune humaine.

— C'est celle de feu, jugea bon d'expliquer l'armurier avec une visible satisfaction.

Cette flèche-là était bien différente de la précédente. Plus lourde, légèrement moins bien équilibrée du fait de la masse du système prêt à être mis à feu, situé à son extrémité.

— Celle-ci est beaucoup plus complexe à tirer, remarqua l'armurier. Il faudra que tu t'exerces.

Nor' haussa les épaules, un peu vexée qu'on la prenne en toutes circonstances pour une novice. Elle jeta donc d'un ton glacé, tandis que son regard prenait de drôles de lueurs rougeoyantes :

— Il faut toujours s'exercer, mais ça ne sera pas la première flèche enflammée que je tirerai !

— Oui, bon, je te conseille quand même d'aller en tirer quelques-unes sur le terrain…, maugréa le gros nain, alors que Gros Poings s'emparait des autres ballotins de flèches, l'air non moins agacé que Nor'.

Ils se retrouvèrent bientôt à l'air libre au vif soulagement de la dragonnière dont le regard s'apaisa, retrouvant une clarté lumineuse de bleu et de turquoise.

Les jours qui suivirent Nor' les mit à profit afin de retrouver toute la potentialité de son corps bien mis à mal lors de la chute, depuis le faîte de la Cordillère. Elle recommença les impitoyables exercices d'assouplissement que ses instructeurs leur faisaient subir à son squadron et elle, afin qu'un jour ils deviennent de vrais dragonniers, froids, résolus, inflexibles et rigoureusement solides. Cela ne pouvait passer que par un long et pénible apprentissage. Reconnaissant enfin la validité de ces rigoureux fondamentaux, elle se força seule à les réacquérir, pliant à nouveaux ses muscles et ses os douloureux à lui obéir. Chaque jour, bien évidemment accompagnée par Vâlvătaie, elle se rendit au terrain d'entraînement de la caserne. Inlassablement elle reprenait l'enseignement d'équilibre et de souplesse qu'on lui avait inculqué, ne faisant aucunement attention aux regards un brin moqueur des soldats nains dont l'entraînement était orienté vers un seul et même but : taper et taper encore ! Suivant en cela l'un des proverbes nanesque les plus usités :

« Quand c'est très gros et méchant, tape dessus encore et encore jusqu'à ce que ça ne bouge plus, et tape encore pour être sûr. »

Les nains pouvaient faire preuve de finesse étonnante et de tout autant d'absence de subtilité ! Cette dichotomie ne cessait d'étonner la jeune humaine. Toutefois sans plus s'alarmer, elle continuait les exercices de contrôle respiratoire et de stabilité mentale. Un esprit froidement incisif voilà ce que cherchait tout dragonnier. En plus de chercher la voie de la Verticalité et de l'Équilibre, elle s'efforçait de retrouver toute la force de ses bras, non seulement en reprenant la base de combinaisons à l'épée, mais aussi en s'exerçant au tir. Elle recouvrait peu à peu toutes ses sensations bien que ce soit au prix de violentes douleurs dues à ses blessures encore trop récentes. Bien sûr son alliance avec un dragon avait fait d'elle un être à part, doté de pouvoirs inconnus d'humains plus ordinaires. Les possibilités de guérison, presque infinies, d'un dragon en était un exemple. Pourtant même soutenue par l'extraordinaire capacité d'auto-guérison, ses blessures avaient été profondes. Si elle avait survécu à ce qui aurait tué n'importe quel humain elle n'en récoltait pas moins de terrifiantes cicatrices. Récupérer tout son potentiel était donc une gageure, un travail de chaque instant auquel elle se plia en serrant les dents, consciente de porter sur ses épaules la réputation de tous les dragonniers de Terra Draco.

Pas moins concerné, Vâlvătaie s'exerça avec elle, regagnant la précision de gestes maintes fois répétés. Les automatismes se remirent en place avec l'exactitude d'une horlogerie presque parfaite. La première fois qu'ils s'élancèrent au-dessus du terrain de tir, tous les nains les considérèrent avec une raillerie certaine. Pour eux aucune vérité ne pouvait surgir sans une hache ou une pinte de bière ! Alors, faire des galipettes aériennes avec un lézard, certes un gros lézard, ne pouvait que les laisser très dubitatifs ! Toutefois Nor' et Vâlvătaie ne firent aucunement attention à tous ces spectateurs. Ils se laissèrent quasiment tomber depuis le haut de la falaise, avant de terminer en un rase-mottes contrôlé qui les amena juste en face des cibles, permettant ainsi à Nor' de décocher ses flèches. Au fur et à mesure qu'elle tirait, Vâlvătaie projetait un souffle qui enflammait les flèches sans toutefois les faire dévier de leur axe. C'était une performance l'obligeant à strictement brider ses flammes tout en assurant la pleine direction de son vol. Par chance ils répétaient cela depuis leur plus tendre enfance, c'était donc devenu au fil du temps une sorte de jeu pour eux. Les flèches filèrent donc avec une précision diabolique vers le centre de la cible rembourrée de cuir, laissant une trainée spectaculaire de flammes derrière elles tandis qu'elles s'y fichaient avec des bruits mats.

Les nains ne purent qu'être impressionnés. Ils le montrèrent donc à leur façon, en poussant une clameur furieuse qui secoua toute la forteresse, faisant naître un court sourire sur le visage tendu de la jeune fille. À partir de ce moment-là on les regarda autrement, les considérants pour ce qu'ils étaient : des guerriers.

Aux cours de ces journées empreintes d'une ambiance étrange, celle d'une Cité, d'un peuple se préparant à la guerre, Nor' fut à maintes reprises convoquée au Palais du Roi Tarquin le Titan. Ses experts en stratégies l'interrogèrent mille et mille fois sur ce qu'elle avait vu : comment était les géants, leur armement et ainsi de suite jusqu'à ce qu'elle tombe presque d'épuisement à répéter les mêmes phrases encore et encore. Tarquin lui-même posa quelques questions sur ce monde étrange d'où elle venait. Lorsqu'elle lui expliqua qu'il existait des dizaines de milliers de dragons et de dragonniers, il en resta stupéfait. Cependant son regard sombre reflétait tout un ébahissement émerveillé. Chez eux aucun dragon n'existait, tout juste quelques lézards volants se voyaient dans de rares forêts septentrionales.

— Il est dommage que nul autre dragon ne puisse franchir cette montagne, nous aurions bien eu besoin d'alliés dans cette guerre, remarqua-t-il simplement en lissant pensivement sa barbe noir de jais.

— C'est certain que si mon père, le Capitaine Tar'dva et tous ses dragonniers étaient là, le problème des géants n'en serait plus un...

Elle n'ajouta pas qu'elle se serait sentie ô combien plus rassurée de ne pas être seule. Elle ne pouvait qu'amèrement reconnaître que son père avait eu raison, une fois de plus : elle n'était absolument pas mûre pour être éclaireur ! Pourtant qu'importait à présent, Vâlvătaie et elle devraient assurer leur poste au sein de cette guerre. Qu'ils le veuillent ou non.

Le Roi Tarquin semblait tout aussi troublé que la jeune humaine, bien que ce fût pour un autre sujet. Ses généraux semblaient eux divisés en deux catégories : les irréductiblement optimistes et fiers à bras sûrs de leur victoire et de leur supériorité tant numérique que stratégique, et d'autres qui, à l'instar du Roi, considéraient le casque énorme posé dans un coin de la salle du conseil comme un rappel muet sur la force qu'ils devraient affronter, bien éloignée des « sauvages tout nus » que leurs ancêtres avaient massacrés. C'était à présent une force armée d'autres choses que de simples massues faites en tronc d'arbres arrachés au passage. Nor' avait remarqué des boucliers et quelques armes de jet telles que des piques ou des lance-pierres qui, au vu de la taille des lanceurs, étaient en réalité des lance-rochers certainement aussi puissants que les catapultes dont étaient équipés les remparts de la Citadelle. Nor' ne pouvait qu'espérer que les nains, à leur tour, possédassent des armes de défense aussi puissantes. Pourtant pour l'instant elle n'en avait vues aucune…

En parallèle, la ville s'organisait en perspective d'un hypothétique siège, engrangeant des provisions et des stocks de fourrage pour le bétail. Un charroi de charrettes, croulant de denrées en tous genres, grimpait sans discontinuer vers la Cité, alimentant les hangars profondément enfouis dans le roc. Les nains portés volontaires afin de grossir les armées, s'entraînaient au maniement des armes tout en se maintenant un moral joyeusement optimiste en allant de taverne en taverne, la bière étant gratuite pour tous les volontaires. Nor' ne trouvait pas cette mesure bien prudente, les nains ivres morts sur la chaussée augmentant de jour en jour. Néanmoins cela ne semblait troubler qu'elle !

Afin d'assumer au mieux ce rôle d'éclaireur qui leur était *de facto* dévolu, Nor' proposa d'effectuer des vols de reconnaissance. Un trajet de plusieurs jours à dos de poneys, sur des chemins de surcroît difficiles voire dangereusement proches de géants, Nor' et Vâlvătaie le parcouraient en quelques heures à peine, en toute discrétion qui plus est. Peu rassurée en son for intérieur, mais offrant toutefois un visage froid, Nor' bondit sur l'échine de Vâlvătaie. Ils s'élancèrent par un petit matin brumeux, sans plus de bruit qu'un froissement d'air, retrouvant avec un bonheur assez étonnant au vu de leur mission plutôt périlleuse, le plaisir de voler ensemble.

Les paysages qu'ils survolaient en s'éloignant du pied de la Cordillère, étaient composés de vastes forêts feuillues, rousses et flamboyantes avec l'avancée de la saison. Plus loin ils parcoururent une région de douces collines plantées de pâturages verdoyants, de champs méticuleusement labourés en préparation des semailles prochaines. Nichés aux creux de vallons abrités, des villages soignés, mussés autour de tavernes aux cheminées fumantes. De là où ils étaient, grâce à sa vision exacerbée, Nor' pouvait même en lire les panonceaux soigneusement peints en lettres hardiment colorées.

Tout une vie simple et néanmoins heureuse s'écoulait là, à la merci de la vindicte d'un peuple aux revendications pour l'heure bien absconses. Le cœur de Nor' se serrait au vu de ces bourgs et villages qui seraient en première ligne. Beaucoup seraient rasés et disparaîtraient à jamais, il y avait fort à parier...

Enfin au moment où ils pensaient que la menace des géants n'était qu'un simple épiphénomène, ils sentirent avec un effroi qui leur serra brutalement la gorge, une violente odeur de cendre et de brûlé. Scrutant le ciel Vâlvătaie aperçut le premier la fumée s'élevant loin à l'horizon. Ils n'avaient pas besoin de le voir pour savoir déjà ce qu'il en était. Leur odora les renseignait suffisamment. Pourtant ils continuèrent à voler droit devant eux, sans s'arrêter. Enfin ils parvinrent à une large vallée creusée par les méandres noueux d'une paisible rivière. L'odeur de cendre, de sang et de mort était si épaisse qu'elle leur sembla palpable. Sous eux un village nains achevait de se consumer. Le panneau de la taverne « du cochon vigoureux » encore lisible, se balançait avec un grincement pathétique, tandis que tout autour plus rien ne semblait avoir survécu à la vindicte d'une force colossale. Les géants... Ceux-ci assis sur les décombres encore fumants des maisons, festoyaient en engloutissant une nourriture que Nor' préféra ne pas identifier. L'odeur était à présent insoutenable pour les sens délicats du dragon et de sa dragonnière, mais pire encore était la vision du village dévasté. Des innocents gratuitement tués lors d'une journée ordinaire. Sans doute n'étaient-ils même pas armés pour la plupart. Tel un typhon hors saison, la troupe de géants leur était tombée dessus, les fauchant sans se préoccuper d'autre chose que de porter la mort, la désolation, la terreur et le chaos en leur sein.

Ils en avaient assez vu. D'un commun accord, Vâlvătaie vira sur une aile, grimpant dans l'abri froidement cotonneux des nuages. Ils repartirent vers la Cité naine, horrifiés par ce qu'ils avaient vu. La vision repoussante des monstres se délectant de proies trouvées dans leurs maisonnettes, devait longtemps poursuivre Nor' et nourrir ses cauchemars. Cependant le temps était à la guerre et d'autres images, tout aussi effroyables viendraient très vite, trop vite hanter ses nuits.

Lorsqu'elle revint faire son rapport, le Roi Tarquin lui-même tint à l'entendre. Il sembla plus préoccupé que jamais. Les géants n'étaient plus qu'à quelques centaines de milles de la plus importante ville du Royaume… Elle réussit à délivrer son rapport, sans ni trembler ni laisser une quelconque émotion transparaître dans sa voix, se cramponnant à la discipline de fer qui aujourd'hui plus que jamais lui était un tuteur.

Avec l'impression amère d'avoir abandonné l'innocence de son enfance, perdue dans le ciel assombri de fumées acres du village carbonisé, elle se laissa glisser du cou de Vâlvătaie devant la porte de la maison de Joliemain. Elle poussa le battant, soudainement épuisée. Vâlvătaie s'envola d'un seul coup d'aile, partant oublier dans la chasse aux cabris sauvages les émotions qui taraudant sa dragonnière, l'assaillaient par contrecoup.

Avec une chaude et redoutable autorité toute maternelle, Joliemain envoya Nor' prendre un long bain délassant tandis qu'elle lui apportait une robe qu'elle avait minutieusement confectionnée, dans une laine douce et fine aux coloris aussi chatoyants que les yeux de la jeune humaine. L'attention toucha Nor' au cœur, lui faisant brutalement monter les larmes aux yeux. Elle détourna la tête, affectant de se rincer les cheveux, espérant que Joliemain n'ait rien remarqué. Cependant cette dernière avait un instinct maternel poussé au dernier degré. Elle ressentit tout le mal être de la jeune fille, comme si elle était sa propre enfant. Après l'avoir autant veillée durant sa longue convalescence, elle était presque devenue sa fille. Sans plus s'en faire que si c'était Romarin qui prenait un bain, elle s'assit sur le large rebord rocheux soigneusement poli, tout en prenant une noix de savon au délicieux arôme de menthe fraîche. Elle se mit à laver les cheveux encore si courts de la dragonnière. Sous la main douce de Joliemain, Nor' se surprit à fermer les yeux, s'apaisant peu à peu. Elle se détendit, alors qu'une pensée un brin cynique la fit bizarrement sourire. Elle n'avait même pas encore participé à la moindre bataille, et déjà elle se sentait accablée ! Elle faisait vraiment une drôle d'éclaireuse…

— Ta famille te manque, murmura soudain Joliemain d'un ton très doux.

Surprise par la question, Nor' ouvrit brusquement les yeux.

— Je… Oui je pense. Mais pour être honnête je n'ai jamais connu une vie de famille comme vous en avez une ici… Ma mère a toujours dû se plier à ses devoirs, tout comme mon père. Je n'avais pas dix ans lorsque j'ai conféré l'empreinte à Vâlvătaie, ce qui m'a éloignée de ma famille. Mon squadron l'a remplacée si on peut dire…

— Oh c'est vrai... J'ai toujours tellement de mal à imaginer qu'une si frêle et fragile jeune fille comme toi puisse être une guerrière. Je ne m'habitue pas à cette idée !

À son propre étonnement, Nor' éclata de rire :

— C'est aussi ce que pensent tous les autres dragonniers ! Tu n'es donc pas la seule. Tout le monde est convaincu qu'une femme n'a pas sa place comme dragonnier, trop faible, trop émotive que sais-je encore... Et s'ils me voyaient à cet instant même ils auraient raison. Cet après-midi j'ai été saisie par le spectacle atroce d'un village ravagé, je n'arrive pas à ôter ces images de ma tête. Je ne crois pas que l'un des autres dragonniers de mon squadron aurait été pour le moins impressionné... Peut-être ont-ils tous raison en fin de compte.

Sa voix se tut dans un murmure empli d'amertume.

Fermement Joliemain s'exclama :

— Non ! Les femmes ont leurs qualités propres voyons ! Tu crois qu'être un idiot sans cervelle est le summum du guerrier accompli ? Tu es fine, intelligente, je suis certaine que tu apporteras beaucoup de fierté non seulement à ta famille, mais aussi à nous autres, nains du Royaume de Tarquin. Allez ne t'en fais pas, garde espoir chaque jour commence sous un nouveau ciel. Hier c'est le passé et demain c'est un mystère. Tu ne peux donc pas te désespérer par avance, car nul ne sait ce que ce mystère lui réserve.

Ainsi rassérénée par la chaude affection de sa famille d'adoption, Nor' parvint à dépasser le cap de l'horreur que lui inspiraient les macabres et effroyables découvertes vers lesquelles la conduisaient quotidiennement ses vols de reconnaissance. La menace des géants n'était plus une simple idée impalpable. Des centaines de villageois apeurés venaient à présent rejoindre la sécurité relative de la vaste Cité, en un flot ininterrompu de réfugiés hagards, épuisés et terrifiés.

En accord avec ses conseillers et ministres, le Roi envoya une longue armée forte de milliers de soldats sévèrement armés et entraînés, afin de bloquer l'avancée des géants au creux d'une vallée encaissée, propice à une attaque surprise.

Toute l'armée cachée derrière des rocs, bouillonnait d'impatience d'en découdre, et de faire goûter à ces puantes créatures le fil acéré de leur hache. Nor' fut chargée d'observer silencieusement l'avancée des géants, presque invisible dans un ciel gris, moutonneux de nuages lugubres. Finalement elle les aperçut, piétinant les champs finement hersés, renversant d'un seul pas les vergers amoureusement entretenus, écrasant entre leurs gros orteils les jardins potagers, renversant d'un seul coup de masse les fermettes isolées... Nor' dut se retenir et contraindre Vâlvătaie au calme du même coup. Elle aurait adoré leur ficher quelques flèches enflammées. Mais ce n'était pas sa mission. Du reste seule contre toute une bande de tels pillards, elle ne faisait pas le poids. Elle repartit donc en sens inverse afin de prévenir le Général. Alors que la vingtaine de géants s'avançait sur le chemin qui serpentait au fond de la vallée, les nains firent rouler dans un splendide ensemble, des centaines de rochers préalablement déstabilisés. Pris par surprise les géants ne purent éviter l'éboulement qui les faucha telles de vilaines quilles. Les nains dévalèrent alors le flanc de la montagne, courant et criant, la hache levée, telle une marée de puces assaillant un chien. Trop effarés, les géants ne purent efficacement résister. Les nains les tailladèrent à merci avec leur stratégie bien précise de taper et taper encore.

Nor' et Vâlvătaie se joignirent à la curée, tirant leurs flèches qui aveuglaient à coups sûr une créature, vomissant de longues flammes qui achevaient de paniquer les géants. En quelques minutes la victoire fut totale. Les pertes nanesques n'étaient pas très importantes et les géants avaient été bel et bien ratatinés, voire hachés menu !

Ce soir-là, la bière coula à flot dans toute la Cité. Toutes les rues et ruelles furent emplies par une foule joyeusement ivre, ravie de penser que cette guerre ne serait en fin de compte qu'une formalité. Les valeureux soldats furent traités en héros de la nation. Le Roi vint même quelques minutes parcourir la foule afin de féliciter les soldats déjà passablement éméchés, mais retrouvant un semblant de dignité devant leur souverain. Dans les rues, Romarin dansait avec son jeune garde, le Flandrin de ses rêves basilic, riant et tournoyant entre ses bras musculeux. Sa robe de fête tournait telle une flamme, suivant le rythme un peu fou de la musique. Tambours et cymbales se répondaient en un crescendo de sons embrasant toute la Cité, se répandant au travers de la montagne, faisant fuir tous les animaux, cabris, marmottes et vautours, à des milles à la ronde ! Les nains blessés lors de la bataille furent eux aussi copieusement fêtés, même ceux qui, ayant trébuché dans la pente, s'en tiraient avec des jambes cassées ou des bras démis. Cette nuit-là tous étaient des héros.

Toute cette exubérance était une nouveauté pour la dragonnière, peu accoutumée à de telles scènes de liesses populaires et générales. Assise sur le muret bordant l'avenue principale, presque invisible dans son uniforme noir, elle contemplait toute cette joyeuse agitation partagée entre l'envie de participer et de s'immerger à son tour dans cette trépidante folie, et le carcan rigide dans lequel la maintenait la rigoureuse discipline qui avait brutalement et douloureusement fait d'elle ce qu'elle était. Elle se contentait donc avec une sorte d'envie, de suivre de son regard soudain traversé d'éclairs violets, les couples rieurs des danseurs. Inconsciemment son pied gauche sévèrement botté de cuir battait imperceptiblement le staccato de la musique. Vâlvătaie, posé sur le toit d'un bâtiment tout proche, en une parfaite imitation d'une gargouille terrifiante, suivait lui aussi toute cette effervescence de son regard indéchiffrable, les paupières mi-closes sur ses pupilles reptiliennes. Sans même tourner la tête, il lança pour sa seule dragonnière dans le secret de leurs échanges télépathiques :

— À vrais dire ces gens sont stupéfiants, leur musique est une cacophonie qui tord les oreilles et pourtant...

— Et pourtant quoi ?

— Leur bonne humeur et leur légèreté sont contagieuses, tu ne trouves pas ?

Nor' suivit un instant la robe rouge de Romarin tout en hochant la tête. Elle approuva dans un souffle :

— Oui tu as raison...

Lisant en elle comme dans un livre ouvert, connaissant tout de ses émotions, le dragon rajouta soudain :

— Tu penses à Sky n'est-ce pas ?

Elle serra les mâchoires. Son regard prit brusquement une teinte mouvante de gris et d'argent, brillant d'une brutale tristesse. Bien évidemment pensait-elle à Sky ! Comment le contraire se pouvait-il ? Voir Romarin s'abandonner, heureuse entre les bras de son garde danseur ne pouvait que lui renvoyer le constat amer de sa solitude. Pourrait-elle s'habituer à ce sentiment perpétuel de vide ? Elle en doutait. Ainsi même au centre de cette ivresse de bonheur, son cœur restait froid et désolé. Enviait-elle l'insouciant bonheur de Romarin ? Bien évidemment ! Comment pourrait-il en être autrement... Avec une sourde amertume elle savait qu'elle n'aurait jamais le droit de connaître une telle simplicité, une telle évidence, une telle spontanéité sentimentale.

Elle soupira, repoussant autant que possible ses affligeantes réflexions, essayant de se laisser aller au moins un instant à l'insouciance générale.

Soudain au plus fort de la fête, les cloches d'alarme résonnèrent, créant un obscur hébétement. Que se passait-il ?

Arrivant au grand galop de leurs poneys dégoulinants d'écumes et tremblants de fatigue, plusieurs éclaireurs postés sur la route du sud, se précipitèrent à l'entrée de la Cité, en hurlant de fermer la porte. Fermer la porte ? Cette mesure n'avait pas été prise depuis des centaines d'années ! Interpellée par le bruit précipité des sabots des poneys, Nor' appela Vâlvătaie toujours affalé sur le toit en lauzes, afin d'aller voir ce qui se passait. Tiré brutalement de sa somnolence, le dragon se laissa glisser dans le vide, frôlant la falaise de ses ailes rouge sombre. Nor' n'eut qu'à sauter, effectuant pour la forme un salto parfait qui l'amena pile sur l'échine de Vâlvătaie.

Aussi silencieux qu'une ombre fugace, ils survolèrent la basse ville, apercevant les éclaireurs qui sautaient à bas de leurs poneys ruisselants de transpiration, aux naseaux dilatés par l'effort. Sans même prendre le temps de respirer, l'un des éclaireurs bondit sur la monture d'un garde à demi endormie, la réveillant en un sursaut qui lui fit rouler de grands yeux effarés. Il ne lui laissa pourtant pas le temps de se poser plus de questions, car assenant une vigoureuse tape sur sa croupe dodue, il lui intima immédiatement l'ordre de prendre le galop. Peu habitué à un tel traitement, le poney s'élança ventre à terre, remontant l'avenue dans des gerbes d'étincelles.

Nor' ne s'arrêta cependant pas là. Vâlvătaie, fouillant le ciel, releva la trace infime des odeurs des poneys se dispersant déjà dans le vent. Remontant cette piste olfactive tel un chien de chasse, ils s'élancèrent dans l'obscurité à la recherche de ce qui provoquait tout cet émoi. Pour eux néanmoins, la noirceur opaque de la nuit n'était en rien un frein, se fiant à leurs sens affinés ils pouvaient voir et se diriger aussi bien qu'en plein jour. C'est ainsi que quelques minutes à peine après avoir pris leur envol, ils aperçurent d'épaisses traces odorantes suivies presque aussitôt par de lumineuses taches laissées par d'importantes masses chaudes et vivantes. Se laissant porter par un courant descendant, le dragon survola la multitude de points transparaissant en autant d'éclats rougeoyants et mouvants dans la fraîcheur des bois. Frôlant presque le faîte des plus hauts mélèzes de son ventre protégé par ses pattes ramenées sous lui, Vâlvătaie plana silencieusement, invisible, au-dessus du grouillement bruyant qui agitait toute la forêt. Nor' faillit laisser fuser une onomatopée de surprise, de rage et d'écœurement mêlés. Les géants, les géants étaient là quasiment au pied de la Cité…

En un réflexe patiemment inculqué par ses instructeurs, elle compta hâtivement les silhouettes qui, pour elle, ressemblaient à cette heure à de simples brumes tièdes. Un grand froid la saisit lorsqu'elle réalisa le nombre d'ennemis marchant sur la ville falaise. Sans avoir besoin de dire quoi que ce soit, Vâlvătaie vira sur une aile, repartant vers la Cité royale, tentant de battre son propre record de vitesse.

Dans un tournoiement de poussière, ils s'abattirent sur l'esplanade qui s'étendait devant le palais du roi Tarquin, Nor' sautant sur le sol rocheux à l'instant même où l'éclaireur, bousculant sans ménagement les gardes postés là, surgissait au galop. Généraux et conseillers se précipitaient afin de savoir pourquoi les cloches d'alarme résonnaient ainsi, tandis que le Roi, tiré lui aussi de ses libations, apparaissait sur le parvis. La dragonnière, accompagnée par l'éclaireur couvert de poussière, se précipita vers le Roi, qui, légèrement éméché comme toute la ville, les considéra d'un œil pétillant de bière.

— Majesté, s'exclama Nor' la première, sans perdre de temps en de quelconques saluts. Les géants marchent sur nous ! Ils sont des centaines !

— Majesté, s'écria l'éclaireur à son tour après avoir hâtivement salué et s'être vivement redressé. C'est la vérité ! Il faut fermer la Porte !

Comme réveillé en sursaut, le Roi brossa sa barbe d'un geste machinal, tout en appelant ses généraux. Il leur intima des ordres d'un ton sec. Des trompettes sonnèrent mettant subitement fin aux beuveries victorieuses. L'insouciante légèreté retomba comme un vulgaire soufflé au fromage. Les nains s'entreregardèrent dans un silence pesant, troublé par les seuls cris stridents des trompettes. Puis presque aussitôt chaque nain se précipita pour prendre ses armes, les soldats regagnèrent leur poste, les volontaires attrapèrent leur hache de guerre amoureusement aiguisée, tous subitement dégrisés.

Au pied de la falaise, les gardiens de la Porte lançaient le processus de fermeture, le cœur battant. Lentement dans un cliquetis de rouage et d'effusion de vapeur, le colossal rocher circulaire roula sur son axe obstruant presque hermétiquement l'entrée de la ville. Le système conçu des siècles auparavant fonctionnait comme au premier jour. On pouvait compter sur l'ingéniosité nanesque pour ça. Sorties brusquement de caches dissimulées dans la roche, des centaines d'armes lourdes apparurent comme par magie. Catapultes, onagres, balistes, trébuchets furent opérationnels en moins de temps qu'il n'en faut pour le dire. En une fraction de seconde la Cité était passée d'un état de fête joyeuse à celui d'une forteresse lourdement armée.

Tous les nains valides se précipitèrent afin de défendre ce qui en cet instant tenait lieu de rempart, les murés réalisés en pierre de taille qui en temps normal servaient de garde-corps. Aujourd'hui se transformaient en créneaux et mâchicoulis. Nor' était à la fois stupéfaite et sidérée par la polyvalence ingénieuse de la ville. Toutes les lumières torches ou chandelles furent éteintes, laissant la montagne se plonger dans une obscurité dense. Nor' s'envola dans la nuit à la demande expresse du Roi.

Lorsqu'ils virent la troupe compacte des géants traverser le petit bois situé en face de la ville, Vâlvătaie souffla une longue flamme se voyant à des kilomètres à la ronde, avertissant les nains de se tenir prêts. Les premières pierres projetées par les catapultes et les trébuchets sifflèrent dans la nuit, fauchant déjà quelques géants. Pris par surprise, ils poussèrent des meuglements furieux, se mettant à courir sus à la Cité, défiant le bombardement qui venait à leur rencontre.

Les traits des lourds scorpions se mirent bientôt de la partie, semant la mort dans le camp ennemi. Cela ne les ralentit cependant pas. Tout au contraire agitant des massues et se proté-geant de leur mieux sous des boucliers en bois recouverts de fer, aussi imposants que les dômes d'un palais, ils couraient autant que leur permettaient leurs immenses jambes, renversant les arbres sur leur passage, sans même y prendre garde. Alors qu'ils arrivaient à quelques centaines de mètres au bas de la falaise, un mécanisme enclenché depuis la ville se mit en marche, dévoilant dans un raclement de poutres et de ferrailles malmenées, un fossé large d'une cinquantaine de mètres et tout aussi profond : l'œuvre des anciens lors des guerres géantines passées. Les premiers rangs des géants, ne virent même pas le sol se dérober sous leurs grands pieds, ils tombèrent tout bêtement dans des râles d'étonnement agacé. Gênés par l'obscurité, certains ne comprenaient pas pourquoi ceux devant eux s'arrêtaient brusquement. Continuant sur leur belle lancée ils chutèrent ainsi avec un bel entrain. À ce moment-là, le dragon fila juste au-dessus de leur tête, soufflant une courte flammèche qui alla enflammer la flèche que Nor' venait de tirer, droit vers la fosse. Le trait atterrit dans un bruit discret se perdant dans le tumulte des clameurs des nains et les grognements furieux des géants. Pourtant le feu embrasa instantanément l'épaisse couche de bois mort, soigneusement baignée dans plusieurs mètres d'une huile minérale noire, gluante et idéalement inflammable. Toute la fosse s'enflamma d'un seul coup, dans une explosion qui couvrit les clameurs des uns et des autres. Les géants prisonniers des flammes se transformèrent en hideuses torchères avant de mourir brûlés vifs. Les autres, terrifiés, harcelés par le bombardement ininterrompu de rochers, préférèrent s'enfuir dans un désordre un peu comique, bien que seule Nor' et Vâlvătaie puissent les voir se mettre à courir tels des poules caquetantes. Ce n'était pas encore aujourd'hui que la Cité tomberait.

Toute la falaise fut parcourue par un seul et même cri, reprit par toutes les poitrines de tous les nains :

— Bière ! Bières, bières !

La fête reprit alors, illuminée par le feu crépitant du fossé. Celui-ci brûla des jours durant, rappelant à tous si besoin en était combien ils étaient passés près de la catastrophe, et combien il leur fallait être vigilants.

Les semaines qui suivirent furent consacrées au renforcement des défenses de la Cité, ainsi qu'à nombre d'attaques surprises à l'encontre de petits groupes de géants. En effet ceux-ci à présent, semblaient plutôt se déplacer en groupe d'une douzaine d'individus, au détriment de toute stratégie ou réflexion, ne répondant plus qu'à un basique besoin de piller. Peut-être échaudés par leur attaque commune contre la Cité, préféraient-ils dès lors en rester à de simples rapines. Nor' et Vâlvătaie participaient à toutes ces échauffourées, en premier comme éclaireurs et observateurs silencieux, bien que peu à peu les géants commencèrent à se méfier. Ils apprirent à regarder vers le ciel afin de voir si un danger ne leur fondrait pas dessus depuis les nuages. Le dragon dut s'adapter et se montrer encore plus discret, faisant jouer la luminosité du soleil sur ses écailles afin de se rendre presque invisible. Lors des attaques, ils ne se gênaient pas pour participer. Nor' assaillant l'ennemi de ses flèches barbelées faisait mouche à chaque tir. Ses cibles aveuglées, les yeux crevés, éberluées de douleur, ne sachant plus où elles étaient, tournoyaient en cercle tels de pathétiques danseurs ivres, avant de s'écrouler, fauchés par les haches des nains.

Tout à coup le monde ne fut plus pour Nor' et son dragon, qu'une succession de guet-apens et d'embuscades où ils risquaient à chaque instant leur vie. Elle était une guerrière, elle avait été élevée pour ça, pourtant parfois une lassitude lui serrait la gorge, lui donnant la nausée. Dans cette guerre, pour chaque géant qui tombait, c'était une vingtaine de nains qui mourraient. Il lui semblait que le sang des uns et des autres tacherait à tout jamais les pentes autrefois florissantes des collines. Tout n'était plus que ravage, chaos et désolation. Malgré cela la Cité tenait toujours envers et contre tout. Les géants n'avaient plus vraiment tenté de s'y attaquer, préférant s'en prendre aux centaines de villages isolés et profondément démunis face à un tel danger. De nuit comme de jour, les armées du Roi Tarquin étaient sur le qui-vive. Nor' ne dormait que peu, et lorsqu'elle le faisait ses rêves se transformaient irrémédiablement en cauchemars sanglants. Elle qui commençait à peine à remplumer son corps malmené, grâce à l'excellente nourriture de Joliemain, maigrit à nouveau, ses traits se creusèrent, tandis que son regard perdait toute son innocence. Joliemain tentait de la forcer à manger lorsque par chance la jeune humaine revenait prendre quelques heures de repos dans cette maison qu'elle considérait à présent comme la sienne. Mais Nor', fatiguée, préférait s'isoler dans la solitude silencieuse de sa chambre. Parfois Romarin invitait son amoureux et l'ambiance changeait imperceptiblement. Si les naines ne partageaient pas les expériences des guerriers il n'en était pas de même de Farquin, de Gros Poings et de Raffain qui tous peu ou prou éprouvaient les mêmes sentiments troubles que la jeune humaine. Sans doute un peu moins exacerbés du fait de leur nature nanesque qui les portaient à moins d'introspection et plus de boisson à base de houblon, mais eux aussi ressentaient le poids de la guerre sur leurs larges épaules.

Ces jours-là il lui semblait retrouver le goût des aliments ainsi qu'une part de son insouciance, simplement parce qu'un regard de l'un ou de l'autre des nains lui signifiait qu'ils comprenaient et vivaient les mêmes choses. C'était réconfortant. Romarin tremblait pour son Farquin, mais que lui dire ? Il risquait sa vie comme tous les autres soldats, volontaires ou soldats du rang, à chacune des embuscades qu'ils tendaient aux géants. Alors ces soirées ils les passaient à rire et se détendre, sachant pertinemment que la mort frapperait au hasard, sans discrimination.

Le froid gagnait imperceptiblement du terrain, les gelées se faisaient récurrentes petit à petit. C'était pourtant un bel après-midi de cette fin de saison, une de ces journées où le soleil frappe encore chaudement la terre tandis que les colchiques fleurissent les sous-bois dans un ultime foisonnement de mauve et de rose. Nor' et Vâlvătaie survolaient silencieusement une vallée, suivant depuis le matin, un groupe bruyant de géants. Dissimulés dans la forêt, les nains s'apprêtaient au combat. Les premières flèches surprirent les géants, tandis qu'un groupe de nains faisait s'écrouler les arbres de la lisière du bois en un énorme mikado. Vâlvătaie descendit en piqué afin d'attaquer à son tour. Soudain deux géants qui se dissimulaient derrière les autres lancèrent quelque chose qui retomba lourdement sur le dragon, lui bloquant instantanément les ailes. Écrasée contre la longue encolure de son dragon, Nor' ne pouvait plus bouger ni faire un seul geste, tout juste parvenait-elle à respirer. Complétement entravé, Vâlvătaie chutait comme une pierre. Dessous les géants poussaient des meuglements de joie.

« Un filet, ces décérébrés de géants ont conçu un filet pour nous attraper », songea Nor' avec une terrible lucidité, tout en voyant le sol se rapprocher à une vitesse alarmante.

Elle avait déjà fait l'expérience d'un écrasement et ne tenait pas à revivre ça. Pourtant au moment où elle se disait qu'ils allaient finir tous leurs os dispersés dans la prairie, une voix claqua dans sa tête, lui ordonnant de fermer les yeux. Le ton n'admettait aucune réplique. Habituée malgré elle à obéir elle s'exécuta. Elle sentit une lame de feu lui passer sur le corps, calcinant le filet et permettant à Vâlvătaie de retrouver l'usage de ses ailes. Immédiatement il les déploya telles deux immenses voiles, elles se tendirent claquant dans l'air avec un bruit sourd. Il retrouva tout aussitôt la maîtrise de l'espace, lança un long torrent de flammes sur les géants qui s'étaient crus plus intelligents que les autres, avant de reprendre de l'altitude. Nor' cherchait du regard qui les avait sauvés lorsque soudain un scintillement d'un bleu plus pur que l'azur lui fit tourner la tête. Volant à leurs côtés Lyra et Sky étaient là, tel un mirage.

Elle ouvrit des yeux immenses, ne sachant plus vraiment où étaient ses rêves de la réalité. S'étaient-ils écrasés et avait-elle gagné un paradis où à nouveau ils volaient de concert avec la dragonne bleue et son dragonnier ? Toutefois coupant court à ses plus invraisemblables idées, Sky lui lança d'un ton n'admettant aucune réplique et qui à n'en pas douter, ne pouvait avoir cours dans un quelconque Valhalla.

— Suis-moi immédiatement !

Rompue à l'obéissance malgré tout, Vâlvătaie et sa dragonnière virèrent brutalement afin de s'élancer derrière la grande dragonne. À la fois incrédules et néanmoins portés par une exaltation sans commune mesure : Sky était là ! Vivant !

Sans doute trop sidérés par l'apparition aussi soudaine qu'impossible de Lyra et son dragonnier, l'attention de Nor' et Vâlvătaie diminua une fraction de seconde. Un instant ils baissèrent leur garde, ce qui en de tels temps était certainement suicidaire. Sans même s'en apercevoir ni le réaliser, simplement subjugués par les silhouettes trop longtemps rêvées, ils offrirent une cible de choix à leurs ennemis. L'un des géants, profitant de cette opportune ouverture et sans même prendre le temps d'ajuster son tir, propulsa sa lance de toute la force de son bras. La lourde javeline fendit l'air dans un sifflement avant d'éclater sous la puissance des mâchoires de Lyra qui la saisit au vol, juste avant qu'elle ne vienne frapper Nor' dans le dos. Soudain tout son sang parut se retirer de la colossale dragonne dont les écailles habituellement d'un éclatant bleu azuréen devinrent d'un gris translucide. Avec une sorte de panique elle poussa un long grognement tout en prenant rapidement de l'altitude, une seule pensée la tenaillant : éloigner son dragonnier au plus vite de la zone des combats. Ressentant son désarroi avec la violence d'un uppercut, Nor' et Vâlvătaie la suivirent aussitôt, réalisant avec une sorte d'horreur terrifiée que Sky était blessé.

Le cœur de la jeune dragonnière parut se décrocher de sa poitrine à la vue de Sky allongé en travers de l'échine de sa dragonne, du sang dégoulinant sur son uniforme noir, teintant en rouge sombre les écailles de Lyra. Un pieux, partie brisée de la lance, s'était fiché dans son épaule gauche, la transperçant de part en part.

Les yeux écarquillés d'épouvante, Nor' refusait de croire ce qu'elle voyait en un leitmotiv de « non, non » qui allait crescendo. Pourtant ses réflexes prirent le dessus sur son émotion. Enjoignant Vâlvătaie à se rapprocher de Lyra, elle se mit souplement debout sur l'encolure de son dragon avant de s'élancer sans même prendre le temps de la réflexion, sur l'échine de la grande dragonne. Elle se rétablit à l'une des crêtes osseuses puis s'installa sur la musculeuse encolure avant de délicatement attraper le dragonnier, l'appuyant fermement contre elle, veillant à ce qu'il ne glisse pas et n'aille pas tomber et s'écraser. Dans le même temps elle ordonna à Vâlvătaie de montrer la voie à Lyra afin qu'ils rentrent le plus vite possible à la Cité Royale.

Un peu d'espoir lui revint, lorsqu'elle sentit la poitrine de Sky se soulever, certes de manière désordonnée, mais il respirait. Il était vivant. Elle assura un peu plus fortement sa prise autour de sa taille, déboutonnant de son autre main la veste de son propre uniforme, avec une fébrilité à la fois agacée et affolée. D'un geste elle déchira sa chemise afin d'en faire un vague tampon qu'elle appliqua fermement sur la blessure béante. La lance n'avait fait que le traverser, sans même s'arrêter, ce qui donnait une idée de la force du lancer... L'épaule était sévèrement touchée, laissant voir des os à nu, tandis que le sang bouillonnait à chacune des inspirations du dragonnier, inondant peu à peu la poitrine, le ventre de la jeune fille. Le sang chaud et poisseux s'écoulait sur ses mains, son torse tandis qu'une seule pensée l'occupait, la tendant tel la corde de son arc : qu'il tienne jusqu'à la Cité, qu'il tienne bon jusqu'à la ville...

Ses bras commençaient à fatiguer, néanmoins elle ne relâcha pas pour autant sa prise, continuant à le serrer contre elle tout en murmurant doucement des paroles et des mots qui n'avaient aucune importance, mais qui tous lui demandaient de s'accrocher, que cela ne pouvait pas se terminer de cette manière, qu'il n'avait pas franchi une montagne pour finir ainsi... Qu'elle l'aimait et ne le laisserait pas mourir, en aucun cas.

Elle ne savait pas s'il l'entendait, elle ne savait d'ailleurs plus vraiment ce qu'elle disait. Elle ne voulait qu'une seule chose qu'il vive assez longtemps pour que les praticiens du palais puissent l'opérer. Elle refusait l'idée même qu'il meure ainsi entre ses bras. À cette seule pensée elle croyait mourir elle aussi. Enfin ils furent en vue de la Cité falaise. Vâlvătaie atterrit dans la ruelle faisant face à la maison de Gros Poings, immédiatement suivie par Lyra. Bientôt, en quelques minutes à peine le dragonnier blessé fut transporté dans la maison, allongé sur le lit de Nor', le seul à ses mesures, tandis que les plus habiles guérisseurs étaient immédiatement envoyés à son chevet par le Roi lui-même.

Nor', en état de choc, fut quant à elle emmenée *manu militari* par Joliemain dans la salle d'ablutions. Là, elle l'aida à enlever son uniforme poisseux, tout en jetant hâtivement quelques poignées de savons parfumés qui moussèrent aussitôt en libérant de délicats arômes d'agrumes et de chèvrefeuille, couvrant l'odeur ferreuse du sang.

Sans même se rendre compte qu'elle tremblait, Nor' entra dans le bassin, poussée par Joliemain.

— Lave-toi, détends-toi, j'emmène tes vêtements pour les nettoyer. J'ai posé une robe sur le banc, fit Joliemain d'une voix douce et pourtant ferme, avant de se pencher vers la jeune humaine dont le teint livide lui serra le cœur.

Elle lui caressa les cheveux dans un geste tendrement maternel, tout en chuchotant :

— Ne t'en fais pas, les meilleurs guérisseurs sont là, ils vont soigner ton ami... Tout va bien se passer.

Quelques heures plus tard Nor' s'était installée sur un coussin, qu'elle avait placé tout à côté du lit où Sky reposait dûment recousu et pansé. Assise en tailleur, un cahier sur les genoux, elle crayonnait machinalement, l'esprit peu préoccupé de ce qu'elle dessinait car tout entière focalisée sur le souffle du dragonnier inconscient. Le dos appuyé contre la pierre froide, elle contemplait son visage très pâle, son profil aux traits fermes qui ressemblait étrangement à ceux si purs des statues ornant le donjon de la Citadelle. Elle l'avait toujours trouvé très beau, d'une beauté sculpturale presque intimidante, et aujourd'hui alors qu'elle pensait ne plus jamais le revoir il était là, à quelques centimètres. Elle ne pouvait se lasser de le contempler, notant néanmoins la dureté nouvelle de ses traits, sa maigreur étrange lui qui avait il y a peu de temps encore, un véritable corps d'athlète. Elle nota la longueur inhabituelle de ses cheveux, comme coupés ou entretenus au couteau. Peut-être était-ce ce qui s'était passé ? En tout cas on était loin de la coupe irréprochable qu'il arborait en toutes circonstances.

Elle passa une main dans ses propres cheveux, repoussant ses mèches qui n'avaient jamais été aussi longues de toute sa vie. Ah oui on était bien loin de la réglementaire coupe 5-2-1 qui signifiait cinq millimètres sur le haut du crâne, deux sur les côtés et un dans la nuque...

Elle demanda à Vâlvătaie de questionner Lyra sur ce qu'ils avaient vécu, mais le dragon lui répondit aussitôt qu'il avait déjà tenté d'en savoir plus. La dragonne avait refusé, arguant que c'était une affaire d'humains. Là-dessus elle lui avait demandé quel était le plus savoureux gibier de la région. Ils étaient donc partis traquer les cabris des montagnes, chassant de concert comme autrefois. À présent ils se reposaient, mollement installés sur une avancée rocheuse merveilleusement tiède. Lyra dormait avec une sorte de béatitude ronronnante sous la caresse du soleil.

Nor' soupira. Il faudrait donc attendre que Sky se réveille afin qu'elle connaisse toute l'histoire. Qu'il explique comment ils avaient pu venir de ce côté-ci de la Cordillère. Le mystère restait pour l'heure entier. Cela avait cependant peu d'importance pour la jeune fille. Seule comptait la régularité du souffle de Sky. Parfois n'y tenant plus, elle frôlait sa main de la sienne, caressant doucement ses doigts aux phalanges sèches et rudes, faites pour le maniement d'une épée, mais qui malgré cela savaient être si douces... Parfois sans même s'en rendre compte, des larmes débordaient de ses yeux, s'écoulant sans qu'elle y prenne garde sur son visage hâve, aux traits tirés, fatigués. Elle aurait voulu le réveiller, lui parler, l'embrasser, mais elle ne pouvait qu'être là assise en petit tas pitoyable et attendre, attendre que l'auto-guérison fasse son œuvre et qu'il sorte enfin de cet état comateux. Les guérisseurs lui avaient assuré qu'il ne mourrait pas, il était particulièrement vigoureux pour un être de cette taille et espèce. C'était déjà une bonne chose bien que l'inquiétude de Nor' restait omniprésente, elle serait là à n'en pas douter jusqu'au moment où il ouvrirait enfin les yeux.

Le grincement de la porte la tira brutalement de ses pensées. Malgré son ouïe si fine, elle avait failli ne rien entendre. Hâtivement elle essuya ses joues ruisselantes sur la manche en velours de sa robe, tout en se redressant. Romarin poussa lentement la porte. Elle portait un pichet fumant et une chope en verre. Elle s'avança vers la jeune fille tout en faisant à mi-voix :

— Je t'ai apporté du vin chaud à la cannelle. Ça te fera du bien.

Elle lui tendit la chope emplie d'un liquide brûlant, délicieusement odorant, avant de poser la carafe sur la table, s'agenouillant aux côtés de son amie. Elle jeta un coup d'œil incisif au dragonnier blessé, tandis que Nor' goûtait précautionneusement une gorgée de vin.

— Ainsi c'est lui, l'humain de tes rêves, n'est-ce pas ?

Nor' avala le liquide qui lui brûla la langue, tout en hochant la tête.

— Oui, c'est Sky…

Romarin fronça son petit nez constellé de taches de rousseurs :

— Hum il n'a pas du tout de barbe…

Sous-entendu qu'il était franchement peu viril !

Nor' retourna un sourire à la jeune naine, se retenant de rire, car en effet si cette dernière comparait Sky à ses propres critères ou à son amoureux, Farquin, il était clair qu'il n'y avait guère en commun entre le jeune nain et le dragonnier ! L'un était court, tout en muscles noueux et épaules larges comme des chênes, l'autre était grand, fin, certes costaud pour un humain, mais rien de comparable à la carrure d'un nain, bien que les dragonniers du fait de leur alliance même avec un dragon bénéficiassent d'avantages physiques très réels par rapport à des humains ordinaires. Ils étaient souvent d'une taille supérieure, d'une plus large carrure et surtout dotés d'une souplesse qui n'était en rien humaine. Mais en effet il était impossible de comparer le garde nain et le dragonnier, tous deux si opposés tant par leur physique que par leur caractère : l'un était indéfectiblement joyeux et sempiternellement en train de rire ce qui démontrait là un fort heureux caractère, tandis que l'autre, élevé dans la plus stricte discipline, conservait un masque d'une froideur absolue quelles que soient les circonstances. Il était donc compréhensible que la jeune naine ne soit pas franchement très sensible au charme de Sky !

Nor' remarqua alors presque gaiement :

— Les dragonniers ne se laissent pas pousser la barbe. Nous n'avons pas les mêmes coutumes que vous. Chez nous on ne dit pas petite barbe petite hache !

Romarin la dévisagea avec surprise :

— Ah bon ? C'est bizarre quand même d'avoir un visage lisse comme ça… Mais si tu le trouves à ton goût c'est ce qui compte !

Sous-entendu personne d'autre que toi ne pourrait lui trouver un quelconque attrait !

La jeune naine fronça à nouveau ses sourcils tout en tortillant l'un des rubans rouges qui attachait ses cheveux bouclés.

— Il est aussi très grand… Je ne croyais pas qu'il puisse exister des êtres encore plus grands que toi, hormis les géants bien entendu.

Cette fois, Nor' éclata franchement de rire ce qui lui fit étonnamment un bien incroyable.

— Sky est grand, c'est vrai, mais imagine-toi que mon père l'est encore plus.

Romarin la dévisagea sans savoir si la dragonnière se moquait d'elle ou pas. Nor' lui renvoya un court sourire qui la rassura. Soulagée, son visage s'éclaira faisant pétiller ses yeux clairs et légèrement plisser le tatouage de vœux qu'elle portait fièrement au coin de l'œil gauche depuis quelques semaines.

— Tu pourras bientôt toi aussi faire le vœu de fidélité et porter le symbole des feuilles de basilic. Tu voudrais que nous y allions demain ? Je pourrais t'accompagner et t'aider à choisir le motif, non ?

La jeune humaine fut touchée par l'enthousiasme amical de son amie, elle leva néanmoins une main espérant tempérer son excitation :

— Si j'ai bien compris ce tatouage signifie que ceux qui s'unissent après avoir rêvé l'un de l'autre durant la nuit de basilic, resterons ensemble à tout jamais, c'est ça ?

Romarin hocha la tête, tout en frôlant machinalement les petites feuilles stylisées, entourées de volutes qui ornaient à présent son visage. Nor' poursuivit d'une voix qu'elle espéra le plus neutre possible.

— Je crois que c'est un peu prématuré…

— Pourquoi donc ? la coupa Romarin, ne parvenant pas à comprendre les réticences de la jeune humaine.

— Il t'a bien dit qu'il t'aimait, alors ? ajouta-t-elle en écartant les bras dans un geste qui appuyait l'évidence de ses propos.

Nor' jeta un bref coup d'œil au dragonnier inconscient, avant de faire d'un ton où résonnait des notes de profonde tristesse et de regrets plus grands encore.

— Oui c'est ce qu'il a dit, mais les choses ne sont pas aussi simples que ça…

— Bah les choses sont faciles si on veut les rendre telles, c'est tout bête voyons !

L'irréductible pragmatisme dont faisait preuve les nains, frappa encore une fois la jeune humaine. C'était bien évidemment le bon sens qui s'exprimait, il fallait en convenir, sauf que de bien entendu la situation était plus complexe du seul fait de la nature humaine des protagonistes et non nanesque.

Les jours suivants ne virent pas vraiment d'évolution : Sky restait inconscient tandis que Nor' demeurait ferment rivée à son chevet. Rien n'aurait pu l'en faire partir. Le Roi Tarquin lui-même vint saluer en personne le courage du dragonnier, ce qui gonfla Gros Poings de fierté tout en lui donnant un excellent prétexte à fêter avec ses copains le soir même à la taverne, si tant est qu'il eût besoin de prétexte pour s'envoyer maintes chopines… Le Roi fit un court discours louant la témérité des dragonniers, tout en se félicitant intérieurement d'avoir un dragon de plus dans ses armées. Il enjoignit paternellement à Nor' de bien veiller sur son ami, ils auraient tout le temps de se joindre aux troupes sitôt ce dernier remis sur pied. Une fois dehors il tint à faire connaissance avec Lyra qu'il admira sans retenue. Étonné malgré tout par la différence stupéfiante, tant en taille qu'en modèle entre les deux dragons. Mais peu importait pour lui, ce dragon-ci était encore plus imposant que le premier, c'était une aubaine ! Emporté par son enthousiasme il faillit se faire croquer tout net par la dragonne dont il s'était un peu trop approché, ne respectant plus sa distance de sécurité. Heureusement Nor' s'interposa juste à temps, enjoignant mentalement à Lyra à se tenir tranquille, ce qui la vexa quelque peu.

Le Roi ne s'aperçut toutefois de rien. Il repartit, enchanté, accompagné par ses conseillers et sa garde rapprochée.

Ayant reçu officiellement l'aval de demeurer aux côtés du dragonnier blessé, Nor' éprouva un vrai soulagement. Depuis quelques jours elle culpabilisait de ne plus accompagner les troupes, les laissant seules et sans repérage affronter les géants. Recevoir l'ordre royal de rester sur son coussin à veiller sur Sky, la dédouanait en quelque sorte.

Étonnamment elle ne trouva pas le temps long. Elle, habituée à l'action et au mouvement, s'accommoda pleinement de son rôle de garde malade. Quand elle ne guettait pas la respiration de Sky, elle crayonnait au fusain, cependant toujours à l'écoute et inquiète de l'état du blessé. Parfois elle se surprenait à respirer au même rythme que lui, ce qui la troublait et l'agaçait. Les dragonniers n'étaient pas faits pour un monde de douceur. Ils ne pratiquaient que fort peu l'empathie aussi se sentait-elle parfois gauche dans ses gestes ou dans ses sentiments. Trempant un linge dans de l'eau fraîche elle lui tamponnait le front, lui humectait les lèvres, ne sachant si cela lui faisait du bien, ne sachant si c'était ce qu'il fallait faire, mais poussée par l'envie de faire autre chose que de le regarder lutter seul. Parfois mêlant ses doigts aux siens elle chantonnait quelques chansons à boire nanesques, seuls chants qu'elle connaissait n'en n'ayant appris aucun autre, puisque chez les dragonniers le seul chant qui existait était celui chanté sur la tombe d'un compagnon tombé au combat. Celui-là elle espérait fermement n'avoir jamais à le chanter !

La deuxième ou la troisième nuit, épuisée de rester en boule inquiète sur son coussin, elle s'allongea à ses côtés, se glissant contre lui avec un soupir de bien-être, ayant l'impression étrange d'avoir parcouru un long chemin et d'être enfin parvenue chez elle. Prenant mille précautions afin de ne pas heurter sa blessure, elle se lova néanmoins tout contre lui, retrouvant le dessin et la tiédeur de son corps avec un soulagement qui lui fit monter les larmes aux yeux. Le visage niché contre son épaule valide, elle respira son odeur avec un bizarre enivrement qui la fit sangloter. Réalisant du même coup que ce serait la première fois qu'elle passerait ainsi toute une nuit avec lui. Jusqu'à présent ils n'avaient pu que voler au temps de brefs et dérisoires moments de tendresse. Elle se mordit les lèvres au sang afin de reprendre le contrôle d'elle-même, n'y parvenant qu'au prix d'un effort violent. Il lui avait tellement manqué…

Petit à petit au fur et à mesure que les jours passaient, elle le voyait reprendre des forces insidieusement. Les guérisseurs se relayaient chaque jour afin de refaire ses pansements, admirant le travail stupéfiant de cicatrisation : on aurait presque pu suivre la consolidation des os à l'œil nu ! Au bout d'un temps très court il fut certain que le dragonnier survivrait aisément à ses blessures. De surcroît, au vu de ses capacités de guérison il n'en aurait aucune séquelle, hors une vague cicatrice.

Alors que Nor' avait pris l'habitude de s'endormir chaque nuit blottie tout contre Sky, tel un petit chiot, elle s'éveilla, tirée en sursaut du sommeil. Elle ouvrit les yeux sur l'obscurité lourde de la nuit, accommodant instantanément sa vision. Elle frôla la place à ses côté, ressentant soudain le vide. Seul restait encore présente entre les draps, la tiédeur du corps qui y était allongé. Le cœur battant soudain la chamade, elle chercha Sky du regard. Elle l'aperçut aussitôt, accoudé à la fenêtre ouverte, scrutant l'opacité nocturne. Sans bruit elle se laissa glisser sur le sol, ses pieds nus frôlant silencieusement le parquet admirablement ciré.

Dans sa poitrine son cœur battait plus vite encore, transporté par une joie qui la faisait sourire malgré elle dans le noir. Sky était debout. Bien qu'elle n'ait fait aucun bruit, il se retourna brusquement, dans un mouvement d'une fluidité inhumaine. Dans la nuit ses yeux bleus brillaient étrangement. Sans prendre garde à sa mâchoire serrée et son air glacial, trop follement heureuse de le voir sur pied, elle se jeta contre lui, enroulant ses bras fins autour de son cou, cherchant sa bouche de la sienne, éperdue de soulagement et de bonheur.

Il se raidit, la repoussant brutalement, ses yeux parcourus de dangereux éclats. Elle heurta douloureusement le coin de la table, et serait certainement tombée si elle avait eu de moins bons réflexes. Elle leva la tête, chassant ses mèches claires qui retombaient à présent sur ses yeux, écarquillés d'incompréhension. Elle tendit une main vers lui, cherchant son regard du sien, tout en murmurant d'une voix très douce :

— Sky, c'est moi Nor' ! Tout va bien.

Un étrange demi-sourire flotta un fugitif instant sur son visage émacié tandis qu'il répondait d'un ton sec :

— J'ai pris une lance dans l'épaule, pas dans la tête, je sais parfaitement que c'est toi !

Désarçonnée, Nor' ne put que bafouiller :

— Sky je suis tellement heureuse de te voir, j'ai eu si peur que tu meures…

— Tu as eu peur ? Pour moi ? Voilà qui est nouveau ! ricana-t-il avec un ton qu'elle ne lui connaissait pas.

— Mais… Mais oui, je… Je t'aime Sky…

— Tu m'aimes ? cracha-t-il dans une sorte de feulement furieux, tout en s'avançant vers la jeune fille jusqu'à la toucher.

Son regard n'était plus que cendre et colère.

— Ce n'est pas vraiment l'impression que j'en ai gardé la dernière fois que nous nous sommes vus.

Désespérée, ressentant presque physiquement la douleur du dragonnier, elle effleura son torse de ses doigts tout en faisant d'une voix tendue, toutefois plus tendre qu'elle ne le pensait :

— Sky, tu es furieux contre moi et tu as sans doute raison, mais je t'en prie regarde-moi dans les yeux et lis dans mon âme, lis la vérité qui s'y trouve.

Elle eut tout à coup terriblement conscience que les semaines qu'il avait passées à la chercher, il les avait surtout passées à ruminer le mal qu'elle lui avait fait. Pas seulement ce soir-là au bord du lac, mais toutes les autres fois...

Il détourna la tête, luttant contre la fureur aveugle qui montait en lui, l'embrasant irrémédiablement. Il serrait si fort les mâchoires que ses dents grincèrent sinistrement, tandis que son regard s'enflammait de rage. Lui d'ordinaire si calme, maître de ses émotions, se trouvait à un souffle de se laisser emporter par le sang du dragon qui bouillonnait en lui. Elle perçut le danger, mais il était déjà trop tard. Il lui assena brutalement une gifle violente, sèche, qui la fit voler au travers de la pièce, l'assommant à demi. Elle secoua la tête, cherchant à reprendre ses esprits. Elle se raccrocha au lit afin de tenter de se remettre debout. Du sang coulait de sa lèvre fendue, sans qu'elle n'y prenne garde. D'une foulée il fut sur elle, tout entier consumé par sa rage, tout entier dévoré par le prédateur qui sommeillait en chaque dragonnier. Il la repoussa rudement, la faisant tomber en travers du lit, tandis qu'il murmurait férocement :

— Tu n'aimes rien ni personne, tu n'es qu'une princesse gâtée, la seule chose que tu aimes c'est ça...

Tout en parlant il attrapa un pan de sa chemise de nuit, lui arrachant d'un seul geste. Le tissu fin se déchira avec une aisance qui ne lui fit aucun bien, dévoilant le corps pâle et doux de la jeune fille. Il avait tant rêvé d'elle. Cette vision l'électrisa un peu plus, faisant battre sauvagement le sang à ses tempes. Elle cria, plus de surprise que de peur, essayant tant bien que mal de le repousser sans pour autant aggraver sa blessure. D'une main il lui bloqua presque facilement les poignets, tandis qu'elle se cabrait, furieuse telle une pouliche sauvage, consciente soudain de sa faiblesse. Il était de beaucoup plus grand et lourd qu'elle. Soudain elle prit peur. Il se pencha sur elle mordant la soie fragile de sa poitrine, goûtant enfin sa douceur mêlée au goût âcre du sang. Elle se débattit un peu plus, cherchant à se dégager par tous les moyens, tentant de le mordre à son tour. Mais raffermissant sa prise sur ses mains il lui écarta brutalement les cuisses tandis qu'elle essayait de le repousser, sanglotant et criant :

— Je t'en prie Sky, non !

Soudain la porte vola contre le mur, livrant passage à un Gros Poings furieux, brandissant sa hache de guerre devant lui. Il s'avança tout en hurlant :

— Lâche-la, sale porc !

Le dragonnier releva la tête, stupéfait par l'apparition de ce nain hirsute qui le défiait. S'il ne comprenait pas un traître mot de ce qu'il disait, il en saisit néanmoins l'idée. Il se redressa, relâchant la jeune fille. Il la contempla un instant avec regret. Attrapant sa chemise déchirée elle couvrit sa nudité du mieux qu'elle put. Il eut cependant le temps d'apercevoir un tatouage qui, ornant le haut de son sein gauche, gagnait son épaule. Son nom, Sky, s'étalait en fines lettres noires ressortant sur la peau diaphane de la jeune fille. Les lettres s'étiraient en douces volutes se transformant en oiseaux qui s'envolaient sur son épaule jusqu'à eux-mêmes devenir un dragon planant sur sa clavicule.

Troublé, sa colère reflua. Sans un mot il saisit sa veste d'uniforme ainsi que son épée posée sur une chaise avant de sauter par la fenêtre. Gros Poings se précipita avec un juron afin de voir si par chance, il s'était écrasé dans la rue en contrebas. À la place il vit un dragon disparaître dans la nuit, scintillant dans la pâle lueur de la lune.

— Et ben au moins on sait qu'il est guéri, bougonna-t-il tout en rangeant sa hache en travers de sa ceinture.

Ce fut énoncé avec une telle évidence, et c'était cependant d'une telle incongruité que Nor' demeura un instant stupéfaite avant d'éclater de rire. Gros Poings se gratta la tête, se demandant ce qu'il y avait de drôle là-dedans, mais gagné par l'hilarité de la jeune humaine, il joignit son bon gros rire caverneux au sien. Finalement, l'événement tragique fut tourné en dérision par la simple bonne humeur toute nanesque.

Sky ne réapparut pas de toute la nuit. Nor' ne savait plus qu'éprouver. D'un côté elle en était soulagée, n'ayant aucune envie de le voir après ce qui s'était passé, bien que d'un autre elle ne pouvait s'empêcher de s'inquiéter pour lui ; et si sa blessure s'était rouverte ? Vâlvătaie vint se poser sur le toit d'ardoise de la maison, la réconfortant de sa seule présence.

— Ne t'en fais pas, il est avec Lyra elle ne laissera rien lui arriver.

Ce qui pour le coup était vrai.

Dans une aube froide et grisâtre, elle enfila son uniforme, ceignit son épée à son côté, passa son carquois et son arc dans son dos avant de sauter sur l'échine de Vâlvătaie depuis la fenêtre. Rassérénée comme toujours par sa présence, elle se laissa simplement aller au plaisir qu'ils avaient de voler ensemble. Elle se refusa de penser à Sky, de ressasser les événements nocturnes, elle s'efforça de seulement faire ce qu'ici le peuple de nains attendait d'elle : qu'elle protège les armées, la Cité, en prévenant de toute attaque géantine.

Pour l'heure c'était suffisant. Quelques géants égarés dans un creux de collines payèrent pour sa peine et ses désillusions. En fin de journée tandis que les derniers rayons d'un soleil anémique illuminaient l'horizon d'un ultime éclat rouge sang, Nor' et Vâlvătaie se posaient dans un tourbillon de poussière sur l'esplanade du palais royal. Comme après chaque sortie ils allaient faire un court rapport aux stratèges royaux, donnant les positions des divers groupes de géants qu'ils avaient pu observer.

Épuisée tout autant moralement que physiquement, Nor' se laissa glisser sur le sol rocheux, retirant son casque qui ce soir-là semblait l'étouffer. Vâlvătaie frotta doucement son long museau contre elle, en un mouvement fugitif qui l'apaisa toutefois. Elle lui retourna un bref sourire, tout en l'assurant que ça allait. Il était là, rien d'autre ne comptait après tout !

Il la poussa une deuxième fois avant de s'envoler en un plongeon gracieux, comme les dragons aimaient faire, partant se détendre en chassant quelques innocents herbivores. Nor' le suivit du regard, heureuse de le voir si beau dans le crépuscule, soulagée de ressentir toute sa joyeuse excitation à l'idée de débusquer des cabris.

Soudain alors que la jeune dragonnière s'apprêtait à finalement se rendre dans l'aile du palais transformée en quartier général, toute l'esplanade vibra lorsque la colossale dragonne se posa, semant une brève panique parmi les gardes. Sky sauta à terre, sa longue cape sombre claquant dans le vent. Il redressa la tête toisant les soldats, le regard froid, aussi froid que celui de sa dragonne. Nor' se retourna, le fixant, et lui renvoyant le même regard. Elle jeta néanmoins un ordre sec aux sentinelles qui baissèrent progressivement leurs armes, continuant cependant à observer l'énorme dragonne.

Elle croisa avec humeur les bras sur sa poitrine, sentant toujours la brûlure de la morsure qu'il lui avait infligée. Elle lança d'un ton sec, imitation presque parfaite de celui de son père.

— Qu'est-ce que tu veux ?

Pourtant furieuse après lui, elle ne put s'empêcher d'avoir le cœur qui batte plus fort, ce qui l'énerva un peu plus. Pourquoi devait-elle être aussi sensible à son charme ? Elle crispa la mâchoire, attendant sa réponse tout en essayant de maîtriser son trouble.

Il fit deux pas vers elle, avec cette souplesse et cette manière de se déplacer trop silencieuse, trop fluide, propre aux dragonniers, propre à tous les prédateurs quels qu'ils soient.

— J'ai une mission à accomplir, lâcha-t-il d'un ton glacé. Au cas où tu ne l'aurais pas remarqué je suis un Éclaireur du Roi.

Elle haussa les épaules, comme si ce détail ne la touchait et ne l'impressionnait nullement, bien que ce soit tout le contraire.

— J'ai vu les ailes sur ton col. Et alors ?

— Je suis chargé de te retrouver et de te ramener. C'est non seulement un ordre de mon Capitaine, mais c'est aussi une promesse que j'ai faite et que je dois tenir.

Elle haussa une nouvelle fois les épaules d'un geste désinvolte.

— Une promesse ? Qu'est-ce que ça peut me faire !

Il s'approcha d'un pas encore. À cette distance elle pouvait sentir son odeur si particulière faite de cuir, de graisse d'arme, de sueur, toutes ensemble mêlées à celle âcre d'un dragon.

— J'ai promis à ta mère de ne pas revenir sans toi...

Elle pâlit imperceptiblement, du moins aucun être humain n'aurait pu remarquer sa subite émotion qu'elle jugula de son mieux. Cependant il n'était plus vraiment un être humain. Ses sens distinguaient le moindre changement d'un rythme cardiaque, la moindre variation de température.

— Rappelle ton dragon, nous partons.

Elle secoua la tête.

— Non. J'ignore comment tu as pu venir ici et comment tu voudrais pouvoir repartir, mais pour l'instant peu importe ! J'ai moi aussi un devoir, je partirai lorsqu'il sera fini. Pas avant.

— Je suis ton supérieur, tu dois obéir.

— Je sais. Tu pourras me mettre aux arrêts lorsque nous serons de l'autre côté de cette montagne, mais pour l'instant je dois aider ce peuple à se défendre. Quoi que tu dises ou fasses c'est ce que je vais faire.

— Pourquoi ? Ton allégeance va à ton Roi, pas à ce peuple !

— Je sais, mais ils m'ont sauvé la vie. Accueillie comme l'une des leurs, alors le moins que je puisse faire c'est de les aider.

Elle se tut une seconde avant d'ajouter d'une voix qui laissait transparaître son émotion, son bouleversement.

— Tu as vu contre quoi ils luttent. Ils ont besoin de nous, de Vâlvătaie, de moi, mais aussi de toi et de Lyra. Je t'en prie aide-nous. Ensuite je ferai tout ce que tu voudras.

Ses lèvres s'étirèrent l'espace d'un instant en un froid sourire, tandis qu'il lâchait d'un ton presque doucereux.

— Tout ? Vraiment…

Elle blêmit sous l'implicite insinuation. Redressant les épaules elle posa machinalement la main sur la garde de son épée tout en faisant d'une voix glaciale :

— Je n'ai pas peur de toi.

Il s'avança un peu plus. Si près qu'elle pouvait le toucher. Elle ne baissa pas pour autant la tête, refusant de se laisser impressionner ou troubler. Elle ne réussit ni l'un ni l'autre. Elle savait le danger que représentait un aussi puissant dragonnier, elle avait assez vu son père à l'œuvre. Elle avait terriblement conscience qu'il pourrait les tuer Vâlvătaie et elle si l'envie lui prenait et qu'il aurait raison : elle désobéissait aux ordres.

Soudain comme surgi de nulle part ou recraché par la roche elle-même, Gros Poings bondit entre eux, sa hache étincelante à la main. D'une bourrade brutale il repoussa le dragonnier tout en hurlant d'une voix encore plus lourdement rocailleuse qu'à son ordinaire.

— Si tu t'approches encore d'elle je te tue ! Je te coupe en deux avec ma hache !

Sky recula d'un pas, à la fois agacé et impressionné par le courage ou l'inconscience du nain. Il jeta un coup d'œil à Nor', ne comprenant rien aux inflexions rauques du langage nanesque.

— Qu'est-ce qu'il veut ?

— Simplement que tu me laisses tranquille, enfin *grosso modo*.

— D'accord.

S'adressant à Gros Poings il fit :

— Rassurez-vous maître nain, rien de ce qui s'est passé cette nuit ne se reproduira. Vous avez ma parole de dragonnier.

Il lâcha les derniers mots en regardant cette fois la jeune fille. Sans rien montrer de ce qu'elle éprouvait elle traduisit hâtivement les paroles à Gros Poings tout en lui demandant de les laisser. Le nain grommela, pas du tout enclin à faire confiance au dragonnier. Mais Nor' insista. Il partit en agitant une dernière fois sa hache sous le nez de Sky, les laissant face à face. Nor' inspira lentement avant de faire :

— Seraient-ce des excuses ?

Un demi-sourire éclaira le visage dur du dragonnier, tandis qu'il disait :

— Je ne crois pas non. Depuis quand les dragonniers se répandent-ils en excuses ?

Ses joues s'empourprèrent alors qu'elle serrait rageusement les dents. Oui les dragonniers ne s'excusaient jamais pas plus qu'ils ne mendiaient de quelconque pardon. Elle prit une brusque inspiration avant de murmurer d'une voix subitement très douce.

— Eh bien moi je m'excuse. Je m'excuse pour tout ce que je t'ai fait. Je sais combien je t'ai fait du mal et je ne pourrais jamais rattraper ça. Mais je voulais tellement être une vraie dragonnière ou tout du moins être acceptée comme telle, que j'étais prête à tout. Y compris à nier mes sentiments. Y compris à te sacrifier…

Son regard bleu perdit une seconde de sa dureté, plus touché qu'il le souhaitait. Il ouvrit la bouche pour parler, mais Nor' l'empêcha :

— Laisse-moi finir, s'il te plaît. Aujourd'hui tout est différent. Vâlvătaie et moi avons failli mourir et cela ouvre de vastes horizons de réflexion. Je sais que j'ai eu terriblement tort ce soir-là sur les bords du lac rouge. Aujourd'hui j'en ai pleinement conscience. Je vois chaque jour mourir des gens courageux ; j'ai compris qu'il faut vivre tant que cela est possible. Si je pouvais, je rembobinerais le temps, nous serions debout à côté des eaux calmes du lac tu me dirais m'aimer et je t'ouvrirais mon cœur à mon tour.

Elle fit un pas vers lui, cherchant à plonger son regard tournoyant de vert sombre et de mauve délicat dans le sien traversé d'ombres.

— On ne peut pas revenir en arrière, mais on peut décider de l'instant présent. Regarde-moi dans les yeux et lis dans mon âme, tu sauras alors combien je t'aime. Que je t'ai toujours aimé.

Détournant le regard, il se redressa de toute sa taille, frémissant d'émotions aussi diverses qu'opposées, refusant néanmoins qu'elle lise en lui le chaos que ses seules phrases faisaient naître dans son cœur. Il laissa s'écouler quelques secondes avant de répondre d'un ton froid :

— C'est d'accord Lyra et moi nous t'aidons à finir cette guerre, ensuite nous rentrons à Terra Draco. Emmène-moi à leur QG. Tout de suite.

Elle le dévisagea, les yeux soudain inondés de larmes amères qu'elle ne chercha même pas à refouler ni à lui cacher. À quoi bon ? Elle lui avait ouvert son cœur, néanmoins ce n'était encore pas suffisant. Elle hocha simplement, la tête, lui faisant signe de la suivre.

Ils passèrent une grande partie de la nuit, à fouiller chaque carte, à observer chaque possibilité de stratégie en compagnie des généraux et des conseillers de guerre, éreintés par la conception méticuleusement pensée et organisée du dragonnier. Pour eux une bonne stratégie se résumait à attendre quelque part puis foncer dans le tas en espérant faire plus de dégâts à l'ennemi que l'inverse. Sky se serait tapé la tête dans les murailles s'il en avait eu le loisir ! Avec patience et concentration il étudia méticuleusement tous les renseignements qu'il pouvait avoir, Nor' traduisant chacune de ses demandes, chacune de ses questions, chacun de ses mots. Au bout de quelques heures elle était épuisée, mais Sky ne lui laissa aucune possibilité de repos. Elle envia Vâlvătaie qu'elle savait confortablement couché sur un rocher haut perché dans la montagne, dormant paisiblement roulé en boule contre Lyra. Elle, elle devait supporter le flot roulant de questionnements de Sky, le voir réfléchir, mesurer chaque carte du royaume des nains avec une minutie presque exaspérante. Le seul amusement qu'elle en retirait c'était de voir que les nains eux aussi s'impatientaient tout autant qu'elle-même ! Pour le reste elle savait pourquoi elle avait eu d'aussi pitoyables notes en stratégie durant sa scolarité, cette matière lui demeurait obscure voire absconse, la faisait bâiller au sens propre du terme, hélas. Elle admirait toutefois Sky qui semblait pouvoir imaginer certains plans, comprendre certaines manières de penser ou de réagir de leurs ennemis. Elle, elle en était incapable.

Ses yeux se fermant d'eux-mêmes alors qu'elle luttait contre le sommeil, Sky referma brutalement un lourd grimoire, la faisant sursauter tandis que ses paupières papillonnèrent. Il la considéra avec une certaine goguenardise bien qu'il comprit parfaitement sa lassitude.

— Nous continuerons demain.

Les visages des nains s'illuminèrent tout à coup, cela était presque comique de les voir se ruer vers la porte, se bousculant sans plus de cérémonie afin de sortir en premier. Nor' les aurait volontiers suivis, pourtant elle se contint ne voulant pas paraître aussi faiblement pusillanime aux yeux de Sky. Elle s'étira avec de lents mouvements de chat sans vraiment avoir conscience de ce que cela pouvait avoir de sensuel. À cette heure-ci elle était incapable d'imaginer autre chose qu'un bon lit !

Finalement ils sortirent sur le parvis, au vif soulagement de Nor' qui tout à coup respira plus librement sous la voûte étoilée. Elle se tourna vers Sky, l'enjoignant à la suivre. Il fronça les sourcils, s'apprêtant à appeler sa dragonne.

— Non. Laisse-les dormir. Nous pouvons bien marcher jusqu'à la maison, ce n'est pas très loin, c'est juste dans le quartier des mineurs.

Puis sans même s'occuper de savoir s'il la suivait ou non, elle traversa l'esplanade, s'engageant dans l'avenue qui descendait en lacis jusqu'au pied de la falaise. En deux foulées il l'avait rejointe sans toutefois dire quoi que ce soit. Ils cheminèrent ainsi de longues minutes dans les rues désertes, égayées seulement par les joyeux éclats sortant des tavernes. Leurs bottes résonnaient en claquements sourds sur la roche lisse, tandis que marchant d'un même pas ils avançaient murés chacun dans leurs pensées. Soudain il lâcha brusquement :

— Pourquoi ce tatouage ?

Elle se figea, soudain incapable de bouger. Il s'arrêta à son tour, la dévisageant de ses yeux clairs.

— Tu sais parfaitement pourquoi, dit-elle d'une voix très basse.

Il secoua lentement la tête, tout en faisant :

— Non, je l'ignore…

Elle soupira, agacée soudain de devoir à nouveau lui dévoiler ses pensées, ses sentiments, à nouveau se mettre à nu devant lui, et pour quel résultat ? Elle prit néanmoins une profonde inspiration avant de murmurer ;

— Lorsque nous sommes tombés avec Vâlvătaie j'ai rapidement compris que nous ne pourrions pas rentrer chez nous, que nous ne reverrions ni Terra Draco ni personne. Ni mes parents, ni toi... Cela a été très difficile à accepter. Les nains aiment se parer, ils se tatouent ainsi pour toutes sortes d'occasions ou suivant leurs humeurs. C'est ce que j'ai fait afin de t'avoir encore un peu avec moi. Futile, dérisoire, penses-en ce que tu veux, peu m'importe. Pour moi durant toutes ces semaines, tous ces mois, tu étais encore là. Avec moi.

Malgré l'obscurité nocturne, elle voyait parfaitement son visage, chaque infime mouvement du moindre de ses muscles, chaque imperceptible changement de sa respiration. Il conserva un masque inébranlable, toutefois à la manière dont sa pommette se tendit, sa respiration se bloqua une fraction de seconde, elle sut qu'il était troublé. Il n'en dirait rien. Il resterait imperturbable, insensible en apparence ne voulant pas lui faire le plaisir sans doute, de lui accorder la moindre émotion. Il répondit simplement, d'un ton qui se voulait moqueur :

— Serais-tu devenue sentimentale ?

Elle haussa les épaules, se remettant à descendre la rue, sans même lui adresser un regard. Elle était furieuse, fatiguée alors qu'il pense ce qu'il veut !

En quelques minutes elle se retrouva devant la maison de Gros Poings, Sky la suivant sans bruit, telle une ombre sombre, plus sombre et dangereuse que la nuit.

La maison était plongée dans l'obscurité. Seule la cuisine était faiblement éclairée par les tisons encore ardents qui rougeoyaient dans la cheminée. Nor' entra dans la pièce, réalisant tout à coup combien elle était affamée. À quand remontait son dernier repas ? Elle l'ignorait preuve tangible qu'il fallait de toute urgence remédier à ça !

Ôtant sa veste d'uniforme, elle remonta ses manches de chemise tout en attrapant une poêle, des œufs, un saladier en céramique. D'un tour de main elle versa un peu d'huile dans le poêlon qu'elle mit à chauffer sur le trépied de l'âtre, tandis qu'elle attrapait un gros oignon. Elle sortit le couteau que chaque dragonnier portait à sa ceinture, fait dans l'une des canines de la première dentition de son propre dragon. Aucune lame n'était plus tranchante. Elle éplucha prestement l'oignon avant de le couper en fine tranches qu'elle mit à rissoler dans un appétissant crépitement. Tandis qu'elle prenait une jatte de lait et cassait les œufs dans le saladier, elle fit, s'adressant à Sky qui l'observait d'un œil à la fois interloqué et intrigué, appuyé contre le chambranle de la porte :

— Plutôt que de me regarder bêtement tu ferais mieux de remettre une bûche dans le feu.

Il enleva sa lourde cape noire, la posant sur un banc, avant de se baisser afin de prendre du bois et d'attiser le feu. Des flammes joyeuses montèrent aussitôt, éclairant brusquement la pièce de lueurs dansantes et d'ombres démesurées. Finalement en quelques minutes Nor' réussit à confectionner une omelette délicieusement baveuse, qu'elle accompagna d'une solide tranche de pain sans oublier une demi-pinte de bière, bien évidemment. Elle posa deux assiettes en bois sur la table, tout en invitant d'un geste Sky à prendre place. Sans plus s'en faire elle commença à manger, se brûlant sans même y prendre garde, trop affamée pour ce détail. Sky la regarda avec attendrissement, émotion qu'il refoula autant que faire se peut. Il goûta la nourriture, stupéfait de la trouver délicieuse. Il lança un coup d'œil médusé à la jeune fille tout en faisant d'un ton qui ne parvenait qu'imparfaitement à masquer son étonnement :

— Tu as changé…

Elle acheva de saucer son assiette à l'aide d'un gros bout de pain avant de répondre.

— Évidemment j'ai changé ! Toi aussi, d'ailleurs soit dit en passant.

Elle se leva avec cette souplesse alliée à une forme de sensualité inconsciente qui adoucissait soudain l'austérité de son uniforme, soulignant les courbes de sa silhouette. Il ne pouvait détacher son regard d'elle. Il s'en rendit compte ce qui le contraria. Brusquement il repoussa son assiette encore à demi-pleine tout en se mettant debout. Il prit sa cape, la posant d'un simple geste sur ses épaules, tout en jetant d'un ton froid :

— Sois prête demain matin de bonne heure, nous avons du travail.

Puis il s'en fut dans la nuit, la porte claquant derrière lui dans un bruit de bois malmené. Nor' resta debout au milieu de la cuisine, mortifiée, furieuse et pourtant convaincue qu'il s'était enfui afin de ne pas voir son armure d'apparente insensibilité se fendre et s'étioler. Quelque peu rassérénée à cette idée, elle débarrassa la table avant de gagner son lit et de s'y écrouler. Sky lui, devait dormir quelque part en compagnie de sa dragonne.

e lendemain, le soleil se levait à peine dans un moutonnement orangé que Sky entrait en coup de vent dans la cuisine, faisant sursauter Joliemain et Romarin qui préparaient le petit déjeuner. Nor', debout devant le fourneau, s'occupait de faire sauter des crêpes. Elle se retourna dans un joli mouvement, faisant tournoyer sa longue robe en lainage coloré, tandis qu'une spatule à la main, elle lui adressa un court sourire. Avec lui il apportait la froideur de l'hiver, ses épaules s'étoilant de flocons neigeux qui ressortaient presque crûment sur sa cape sombre. Il resta une seconde suffoqué. Elle lui parut si incroyablement belle comme si enfin elle se permettait d'être elle-même. D'un geste aisé prouvant une certaine habitude, elle posa une crêpe sur une pile déjà impressionnante avant de mettre une nouvelle louche de pâte dans la poêle qui crépita gaiement, tout en dégageant un parfum chaud de vanille et de sucre. Il resta seulement là, à la contempler ne pouvant détacher son regard de sa fine silhouette, du modelé tendre de sa poitrine apparaissant par l'échancrure de son corsage blanc, par les rubans rouges ornant les fines tresses sensées certainement dompter ses mèches extravagantes et rebelles, mais qui tout au contraire, soulignaient son éclatante vivacité. Seule concession visible à ce qu'elle était : elle avait passé à sa taille son ceinturon d'uniforme portant ainsi son coutelas dont aucun dragonnier n'accepterait de se défaire. La ceinture mettait bizarrement en valeur sa taille fine, même si la lourde boucle en argent et le long étui en cuir soutenant le couteau n'avaient pas grand-chose de féminin. Il lui conférait pourtant une sorte d'aura moins lisse, moins innocente que ses mèches blondes pouvaient suggérer. Sky n'avait jamais rien vu d'aussi magnifique. Il en resta presque le souffle coupé.

D'un mouvement rond et fluide elle fit sauter la crêpe la rattrapant avec une dextérité évidente. Elle releva la tête, lui jetant un bref coup d'œil interrogatif. Son regard s'illuminait d'un vert pâle pailleté d'or. Il se tenait juste dans l'embrasure de la porte, l'obstruant presque par sa stature. Leurs regards se croisèrent une fraction de seconde, mais alors que celui de Nor' s'embrasait de tendres lueurs mauves, il détourna la tête. Refusant qu'elle sache l'emprise qu'elle pouvait encore avoir sur lui. Tout à coup une petite main se glissa dans la sienne toute sévèrement gantée, le tirant plus avant dans la pièce. Pépin, ravie de l'arrivée d'un nouvel étranger semblait prendre son rôle d'ambassadrice de la culture nanesque très au sérieux !

Elle poussa Sky sur un banc tout en lui papotant sans interruption. Lui dire qu'il ne comprenait pas un traître mot aurait été inutile, sans doute était-elle partisane de l'apprentissage par l'immersion ! Il enleva sa lourde cape chargée de neige tout en considérant la minuscule petite fille avec un brin de consternation. Son expérience enfantine se limitait à enseigner la cartographie aux cadets...

Nor' posa la dernière crêpe sur la pile, enleva la crêpière du feu puis plaça au milieu de la table le plat débordant, fumant et délicieusement parfumé. Joliemain achevait quant à elle de cuire une montagne de saucisses, alors que Romarin finissait de dresser la table. Une fois fait elle passa la tête par la porte ouverte, poussant un « à table » tonitruant qui avait dû s'entendre de l'autre côté même de la Cordillère.

Nor' s'assit en face du dragonnier, tandis que Pépin se glissait à côté de lui, piaillant sans discontinuer. Romarin rabroua sa sœur, pendant que sa mère déversait une quantité invraisemblable de nourriture dans son assiette. Nor', elle, semblait se retenir d'éclater de rire.

— Joliemain te trouve trop maigre, daigna-t-elle finalement lui expliquer, le regard pétillant joyeusement. Jamais il ne l'avait vue tout simplement si heureuse.

À ce moment-là Gros Poings et Raffain entrèrent dans la cuisine, la mine affamée. Gros Poings fronça les sourcils en apercevant le dragonnier, mais il ne fit aucune réflexion. Il posa seulement sa lourde hache sur la table dans un bruit sourd qui résonna dans toute la pièce. Ensuite il commença à engloutir son repas, enfournant consciencieusement crêpes, saucisses, tartines de pain et de beurre, étalant les reliefs de nourriture dans sa grosse barbe rousse, illustrant ainsi magnifiquement le proverbe qui disait : « À la barbe on connait le nain aussi bien que son repas d'hier ».

Pépin elle, s'activait à montrer chaque objet posé sur la table et à le faire répéter à son nouvel élève. Sky s'en tirait plutôt très honorablement. Il était cependant impressionné de voir la maîtrise de Nor' pour un langage aussi complexe, du moins dans la prononciation.

Le repas se termina enfin, il n'avait jamais autant mangé de sa vie ! Romarin et sa mère débarrassèrent la table tandis que Nor' dît, tout en se lavant méticuleusement les mains dans l'évier :

— Sky, assieds-toi sur le tabouret devant le feu, je vais refaire tes pansements.

Il n'eut pas vraiment le choix, car Pépin le poussa devant l'âtre avant de se précipiter afin d'aller chercher un panier empli de divers objets, onguents et bandes propres.

— Oh merci Pépin, fit la jeune fille tout en se penchant vers lui, dans un bruissement imperceptible de sa robe, accompagné par un subtil parfum de fleurs.

— Enlève ta veste s'il te plaît, lui ordonna-t-elle tout en sortant quelques préparations d'aspects redoutables.

— Hum, depuis quand es-tu une guérisseuse ?

Elle releva la tête dans un méli-mélo de mèches blondes, de tresses et de rubans, lui renvoyant un sourire :

— T'en fais pas mes compétences suffisent largement, il n'y a aucun besoin de consulter les guérisseurs du roi pour ça ! Alors tu enlèves cette veste ou quoi ?

Il acquiesça sans grand enthousiasme, déboutonnant sa lourde veste en cuir, avant d'enlever sa chemise noire. Une fois torse nu il était évident qu'il avait maigri : en fin de compte Joliemain n'avait pas tort de vouloir le gaver un peu ! Malgré tout sa musculature jouait harmonieusement sous sa peau pâle, dévoilant un corps sculpté dans le but d'en faire un redoutable outil, une arme. Son épaule gauche, ornée par une longue balafre violette qui allait en s'étoilant sur son torse ne faisait que confirmer ce qu'il était : une machine à tuer.

Nor' commença à enlever la bande protégeant son épaule, avec une délicatesse qui le stupéfia. Elle jeta la bande sale au sol, dévoilant la longue blessure en bonne voie de cicatrisation. Elle prit un linge propre qu'elle humecta avec une lotion empestant l'alcool et diverses plantes, puis en tamponna la lésion. Elle nettoya la plaie avec des gestes d'une douceur qui le surprit, bien qu'il retînt de temps à autre une grimace de douleur. Une fois fait elle laissa tomber le linge sur la bande sale déjà par terre, avant de prendre un pot qu'elle ouvrit. Elle en retira une petite quantité d'un onguent répandant une odeur un peu âcre. Elle réchauffa la pâte entre ses doigts avant d'en étaler une fine couche sur les diverses meurtrissures. Elle effleurait à peine sa peau du bout des doigts, veillant à lui faire le moins de mal possible. Pourtant il serra les mâchoires, tressaillant sous sa main. Elle releva la tête en chuchotant :

— Je fais le plus doucement que je peux, chochotte va !

Il ne répondit rien, seul un sourire traversa furtivement son regard clair tandis qu'il luttait afin de ne pas déchirer et lui arracher sa robe. Le contact de ses doigts sur sa peau nue faisant monter en lui tout autre chose que des ondes dues à la douleur. L'esprit en feu, réalisant soudain que le bouillonnement de son sang dragonnique risquait encore de l'emporter au détriment de sa raison, il l'enlaça de son bras valide, l'attirant contre lui. Appréciant la souplesse fine de sa taille il lui prit la bouche d'un baiser si féroce qu'il la mordit presque. Toutefois cela faisait des semaines, des mois qu'il rêvait d'elle, qu'il rêvait de la tenir entre ses bras, qu'il rêvait de goûter à nouveau au parfum de ses lèvres, son empressement semblait presque excusable.

Surprise elle se débattit une seconde avant de répondre presque aussi rudement à son baiser. Puis comme reprenant ses esprits elle le repoussa, s'échappant de son étreinte, haletante, essayant follement d'endiguer l'irrépressible montée de ce qui faisait qu'elle était une dragonnière, elle aussi.

— Arrête Sky, ne fais pas ça, murmura-t-elle d'une voix hachée, tandis qu'il lui lançait un regard brûlant et que ses lèvres s'entrouvraient sur un sourire carnassier.

Quelques gouttes de son sang à elle, perlaient sur sa bouche. Avec un plaisir évident il les savoura, n'aspirant plus qu'à prendre possession d'elle, de goûter chaque parcelle de son corps comme jadis. Il la vit respirer profondément, cherchant à dompter son désir bien que son regard violet, brûlant, parlait pour elle, trahissant tout ce qu'elle aurait voulu cacher. Soudain, contre toute logique elle éclata de rire, d'un rire joyeusement cristallin qui le prit de court. Elle attrapa à nouveau de l'onguent sur ses doigts, s'approchant de lui afin de continuer à oindre sa blessure. Elle fit d'une voix basse :

— Eh bien je n'ai pas dû te faire si mal que ça... Tu vois que je suis une excellente guérisseuse !

Elle l'embrassa alors avec une douceur qui le stupéfia, le laissant pantelant. Elle termina consciencieusement ses soins, finissant par lui poser délicatement une bande propre, non sans qu'il cherchât à lui dérober quelques baisers. Elle l'aida à enfiler sa chemise d'uniforme ainsi qu'à la boutonner, bien qu'elle n'eût qu'une seule envie, lui enlever ses vêtements là immédiatement ! Mais ce n'était évidemment ni le lieu ni le moment. Pépin les regardaient les sourcils froncés et la mine pleine de reproches depuis quelques minutes déjà. Nor' tenta de maîtriser une fois encore ce désir brut, bouillonnant, tout en passant sa veste à Sky.

Leurs regards se croisèrent, se prirent, il ne put se détacher d'elle, bouleversé, émerveillé de plonger à nouveau dans la douceur de son âme sachant toutefois qu'elle lirait en lui de la même manière que lui en elle. Néanmoins peu lui importait. Qu'avait-il à lui cacher ? Elle connaissait tout de lui. Aujourd'hui toutefois elle s'ouvrit à lui sans compromission. Elle ne lui dissimula rien, le laissant voir tout ce qu'elle était sans être effrayée qu'il comprenne combien elle l'aimait ou qu'il réalise qu'elle n'était pas cette irréductible guerrière qu'elle paraissait être au regard du monde. Mais ne le savait-il pas déjà ? Elle ressentit toute sa peine, toute sa colère à son égard et cela lui fit monter les larmes aux yeux. Il lui en voulait. La colère était là, palpitante pourtant son amour pour elle était plus fort encore, ainsi les deux sentiments luttaient-ils l'un contre l'autre, l'un étouffant l'autre, l'un renforçant l'autre en un ballet mouvant et sans fin. Des larmes qu'elle ne sentait pas, coulant sur son visage, elle se nicha dans ses bras en soupirant un « je t'aime » inaudible pour tout autre que lui. Il la serra contre lui, le cœur grondant, répondant un simple « je sais... » qui était à lui seul un pas digne d'une foulée de géant, vers une certaine réconciliation.

Finalement il fut plus que temps d'être au Quartier Général où devaient sans doute déjà patienter quelques ministres et conseillers. Sky lança un bref coup d'œil interrogatif à la jeune fille sous entendant qu'elle allait sortir sans son uniforme. Elle sourit, réprimant un rire tout en récupérant un large châle en laine épaisse.

— Comme je suppose qu'il n'y aura pas plus d'action que cette nuit, une robe sera des plus indiquées !

Il ne dit rien, appréciant de la voir ainsi vêtue, se demanda toutefois comment le Capitaine Tar'dva réagirait, lui. Mais pour le moment le Capitaine au dragon noir était loin, dans un monde inaccessible et c'était peut-être aussi bien !

a journée se passa dans une lente analyse de la situation. Dans de non moins lents calculs des forces en présence, de l'armement disponible, des armes létales, des faiblesses de l'ennemi, des dispositions géographiques des diverses forces. Sky s'efforça à la réflexion, à garder un esprit froidement analytique, une concentration optimale. Cependant le simple parfum émanant de la jeune fille sagement assise dans un fauteuil en velours vert émeraude, suffisait à emplir l'immense salle, faisant s'égarer ses pensées bien loin de guerres et de stratégies. Elle s'appliquait avec une sagesse exemplaire, à traduire tout ce qui se disait, tant vis-à-vis de Sky qu'envers les conseillers et le Général. Les ministres avaient, eux, préféré s'abstenir, arguant de plus importantes choses à faire. Personne n'était dupe, mais peu importait. Ce qui comptait c'était bel et bien de pouvoir avancer sur une stratégie avec ou sans ministre. Le Général commençait à entrevoir une possibilité que la guerre se termine autrement que dans un génocide nanesque, comme il avait tendance à le penser depuis un trop long moment. Les idées de l'immense dragonnier au regard aussi froid que le ciel de cette journée hivernale, commençaient à lui sembler de plus en plus intéressantes, voire réalisables. Nor', elle s'ennuyait ferme bien qu'elle admirât la capacité de réflexion et l'intelligence de Sky. Elle se distrayait en le regardant à la dérobée. Il s'était fait couper les cheveux, sans doute chez un barbier plus accoutumé à rectifier des barbes qu'autre chose, arborant à nouveau une coupe irréprochable, lui redonnant toute l'âpreté guerrière qu'il représentait. Les pâles et rares rayons du soleil hivernal traversaient les grandes vitres sphériques, dessinant d'étranges et éphémères rosaces sur les tapis, éclairant de lueurs mouvantes la table des cartes, s'accrochant aux lustres en cristal de roche, illuminant soudain les courts cheveux blonds du dragonnier de reflets iridescents.

La journée s'étira, lente et ennuyeuse du moins pour la jeune dragonnière qui ne cessait de réprimer maints bâillements. Enfin Sky se redressa, lui adressant un fugace sourire qui sonna comme une délivrance. Dehors la neige tombait en lents tourbillons, légers et vaporeux, doux et silencieux. Aussi vive qu'une chevrette trop longtemps maintenue enfermée, elle courut sous la neige, cherchant à cueillir quelques flocons du bout de la langue. Elle riait de l'infime froideur qui disparaissait en fondant. Elle resserra son large châle autour d'elle, frissonnante dans le froid soudain. La prenant par la taille il la serra contre lui, l'entourant dans la chaleur de sa lourde cape. Sans même avoir besoin de dire quoi que ce fût, ils descendirent vers la maison de Gros Poings, leurs pas unis marquant la neige d'éphémères empreintes.

Tout parsemés de neige, ils entrèrent dans la cuisine où régnait une chaude ambiance.

Joliemain afférée à ses fourneaux touillait une sauce, retournait un ragout tout en houspillant ses filles. En voyant les dragonniers, elle leva une grosse cuillère en bois tout en s'exclamant :

— Le dîner n'est pas prêt ! Allez donc prendre un bain ça vous réchauffera !

Romarin adressa une grimace à Nor', semblant dire « fuyez tant qu'il est temps ! ». Nor' acquiesça. Poussant Sky dans le couloir elle l'entraîna vers la pièce aux bains. L'atmosphère était tout aussi chaude que dans la cuisine, avec néanmoins une sérénité en plus. Le dragonnier jeta un coup d'œil circulaire, étonné par le confort de la salle. La large vasque creusée à même la roche, emplie d'une eau chaude qui se condensait en légère vapeur, les coussins colorés posés çà et là sur des renfoncements sculptés dans la montagne. Il n'avait rien vu de pareil. Avec naturel, Nor' prit plusieurs fioles dont elle versa quelques gouttes dans l'eau qui moussa aussitôt en dégageant un vif parfum de menthe fraîche. Elle frôla l'onde du bout des doigts, puis l'aspergea d'une pichenette tout en disant :

— Il n'y a rien de pareil chez nous, hein ?

Il approuva d'un simple hochement de tête, trop surpris pour dire quoi que ce soit. Il resta donc seulement debout, sa tête effleurant le plafond de la salle creusée dans le rocher. Sans même réfléchir, elle délassa les cordons de son corsage, débouclant son ceinturon. Il tomba sur un épais tapis chamarré, avant de simplement laisser glisser sa robe qui se froissa en tas à ses pieds. Elle ne fut plus seulement habillée que de ses rubans rouges. Sky déglutit avec difficulté. Il n'avait jamais rien vu de plus sensuel. Elle était là, sa peau pâle, comme irréelle dans les vapeurs odorantes qui provenaient du bain. Elle s'approcha de lui, détachant un à un les boutons d'argent de sa veste, tout en chuchotant, son regard tout soudain tournoyant de mauve et de rose :

— C'est un bain, ça ne va pas te manger...

Sans même plus chercher à résister, il lui prit brutalement la bouche, oublieux de tout et n'ayant plus qu'un seul désir celui de la tenir entre ses bras, enfin. Elle gémit à la fois tant de la rudesse du baiser que d'impatience. Elle lui rendit son baiser, presque aussi rudement, en tout cas si violemment que leurs dents s'entrechoquèrent, qu'ils se mordirent sans même y prendre garde. Pourtant malgré la fièvre qui montait en elle, elle se dégagea tout en le repoussant. Ses yeux n'étaient plus que deux lacs immenses aux reflets violets. Elle enjamba le rebord de la vasque en pierre, se laissant glisser dans l'eau brûlante sans toutefois quitter Sky du regard. D'une seule main il acheva de se débarrasser de son uniforme, rejoignant la jeune fille perdue dans la mousse odorante. Enfin ils pouvaient se repaître l'un de l'autre, tels deux affamés trop longtemps privés de la moindre nourriture. Il lui en voulait toujours, sa colère était encore là, mais pour l'heure rien d'autre ne comptait que de la sentir frémir sous ses mains, de goûter la douceur de sa peau, de retrouver la tendresse de ses formes. Réfrénant la violence de son désir, il s'évertua à prolonger le moment dans un accord parfait des sens, des cœurs et des corps, refusant pour une fois de céder à la clameur bouillonnante du sang de dragon qui hurlait en lui. Il la voulait, mais cette fois-ci ça ne serait pas au détriment de la tendresse. Quant au plus fort de la jouissance elle cria son nom en disant qu'elle l'aimait, il sut qu'il avait eu raison. Avec un rugissement de lion il se laissa lui aussi aller, heureux comme jamais il ne l'avait été. Même la première fois où ils s'étaient embrassés et qu'il avait senti son cœur s'envoler, ce n'était rien en comparaison du bonheur qu'il avait de la tenir à nouveau entre ses bras.

Il ne savait pas ce que demain lui réservait, mais le maintenant lui suffisait.

Le soir après un repas encore pantagruélique, ils gagnèrent la chambre de Nor'. Dans l'obscurité apportée par la nuit neigeuse et froide, la jeune fille espéra que Sky ne s'enfuît pas une fois encore. Plus par besoin de se donner une contenance que par nécessité, elle gratta un briquet à mèche d'amadou afin d'allumer une lampe à huile dont elle referma la vitre sur la flamme, dans un petit claquement qui sembla résonner dans toute la pièce. La lampe projeta d'étranges ombres sur les murs chaulés. Elle se tourna enfin vers Sky, immobile dans la pénombre, son regard luisant dans la demi-obscurité, tel celui d'un loup. Le sien brillait de la même manière, comme tous les dragonniers. Elle le regarda, si grand que sa tête frôlait les poutres du plafond, aussi figé et dangereux qu'un tigre à l'affût. Elle n'osa pas s'approcher. Son cœur battait trop fort et bien que sa raison lui serinât que c'était Sky, elle ne parvenait pas à passer outre cette sensation lancinante de peur.

Soudain elle comprit que la situation entre eux avait non seulement changé, mais s'était inversée : c'était lui à présent qui la tenait dans le creux de sa main, la maintenant tel un pantin vulnérable. C'était elle à présent qui tremblait, espérant un geste, une parole, une attention de sa part. Les rôles avaient tourné en un jeu étrange de chaises musicales.

Jetant un coup d'œil circulaire, il lâcha tout à coup :

— Qui a fait ces dessins ?

Tout en montrant les murs couverts d'esquisses, de croquis, de portraits au fusain, d'aquarelles de paysages. Ne sachant pourquoi il posait une telle question, elle répondit d'une voix mal assurée :

— C'est moi...

Il la dévisagea avec une sorte d'étonnement admiratif, tout en disant :

— Mais pourquoi ?

Elle soupira.

— Lorsque nous sommes retombés de ce côté-ci de la Cordillère j'ai su que personne ne pourrait passer au-dessus de cette montagne et qu'il était impossible pour nous de retenter l'expérience. Nous resterions donc ici, nous ne reverrions plus Terra Draco, la Citadelle, mes parents... Ni toi et Lyra bien entendu. Alors tant que je gardais encore en tête tous les détails de tout ce qui existait là-bas, j'ai essayé de les peindre, pour en garder le souvenir, pour en avoir une trace...

Sa voix baissant brusquement, elle reprit d'un ton tendu :

— Parfois lorsque je pense à mon père son visage m'échappe, il se brouille et je réalise que ses traits s'estompent, j'oublie et je refuse ! Je ne veux pas oublier. Ni la couleur du soleil couchant sur les plaines, ni celle de tes yeux... Alors voilà.

Doucement il s'approcha d'elle, de cette démarche silencieuse et feutrée propre aux prédateurs, la prenant lentement dans ses bras avec une tendresse tout à fait humaine. Il respira l'arôme sucré de sa nuque, percevant son cœur battre presque fébrilement. Il la serra un peu plus sentant son corps gracile épouser le sien dans une sorte de perfection qui ne cessait de l'impressionner, comme s'ils n'étaient qu'un seul et même tout. Lentement il laissa ses lèvres errer dans son cou délicat, sans se préoccuper de ses cheveux qui lui chatouillaient le visage, avant de murmurer à son oreille :

— Ne t'en fais pas je te ramènerai chez toi.

Elle rejeta la tête en arrière afin de le considérer droit dans les yeux.

— Est-ce une promesse Éclaireur Sky ?

Il lui renvoya un bref sourire, tout en affirmant :

— C'en est une tout à fait, Maître Archer Nor' !

Elle ouvrit la bouche afin de tenter de lui expliquer la futilité d'une telle promesse, mais il resserra un plus ses bras sur elle, tout en chuchotant d'un ton un brin railleur :

— Lorsqu'on ne peut ni contourner un obstacle ni passer au-dessus, que faut-il faire ? Passer dessous non ?

Elle lui jeta un regard effaré, tandis qu'un sourire plein d'un espoir neuf hésitait à naître.

— Que veux-tu dire...

— Eh bien il suffit de passer sous la montagne. C'est comme ça que nous sommes venus Lyra et moi. Que crois-tu ? Que le mage Avr'inis nous a téléportés ?

— Non ça non, mais en dessous... Comment est-ce possible ?

— Nous avons remonté diverses rivières souterraines et creusé, beaucoup creusé d'ailleurs...

Elle le dévisagea avec une sorte d'admiration muette, effarée par ce qu'il avait entrepris simplement pour la retrouver.

— Tu as fait ça ! Vous auriez pu mourir Lyra et toi, je ne mérite certainement pas que quelqu'un risque sa vie pour moi. Toi encore moins qu'un autre !

— Ça fallait y penser avant de t'enfuir comme tu l'as fait. Tu ne t'es pas imaginé une seconde que j'allais te laisser... Si ?

Elle haussa les épaules tout en faisant d'une petite voix :

— Je n'ai pas trop réfléchi à vrai dire... Et puis j'ai compris que seul Vâlvătaie avait pu être assez léger et vif pour passer la cime de la Cordillère, donc partant de là je ne pensais pas que tu pourrais faire quoi que ce soit, même si tu en avais envie ce dont je doutais fort...

— C'est ma colère qui m'a permis de parvenir jusqu'ici. J'étais tellement furieux après toi. J'ai ragé sur chaque rocher qui était sur notre passage. En fait j'étais porté par la peur qu'il te soit survenu quelque chose et l'envie de te donner quelques claques si jamais tu étais en pleine forme !

— Oh... Et tu as toujours envie de me frapper ? murmura-t-elle tout en glissant doucement ses mains sous sa veste, effleurant du bout des doigts les muscles plats et durs de son ventre.

Il lui décocha un demi-sourire tout en disant à mi-voix :

— Parfois oui, parfois plus vraiment... Et pour l'instant pas du tout.

Puis il l'embrassa avec une douceur qui ne pouvait qu'être humaine. Il lui en voulait encore et sans doute mettrait-il un certain temps à lui pardonner, néanmoins en cet instant il ne souhaitait penser à rien, rien d'autre que ses mains sur sa peau, sa bouche sur la sienne et leurs corps qui ondulaient dans un semblable tempo. Dans le lointain, les dragons, heureux, grondèrent dans la nuit.

Au petit matin, alors que le soleil pâle de l'hiver n'était même pas encore tout à fait levé, Nor' s'étira, frissonnante. Elle tâtonna dans un demi sommeil pour se blottir dans la chaleur d'un autre corps. Elle ne le trouva pas ce qui l'éveilla tout à fait. Ouvrant brusquement les yeux, elle chercha Sky du regard, effrayée soudain qu'il se soit à nouveau enfui. Mais non, il était assis à la petite table servant de bureau à la jeune fille. C'était là qu'elle aimait peindre ou dessiner lorsqu'elle en avait le loisir. Ayant trouvé des feuilles vierges, il écrivait, alignant croquis et calculs, remplissant tout un tas de notes de son écriture fine et précise. Percevant son changement de respiration, il tourna la tête vers elle, lui adressant un sourire presque joyeux.

— Bien dormi ?

Elle repoussa les couvertures, bondit hors du lit, nue, impudique et s'en contrefichant. Elle enroula ses bras autour de son cou avant de l'embrasser avec une impétuosité et une tendresse égale à l'angoisse fugitive qu'elle avait eue, craignant qu'il soit parti subitement. Sans se faire prier il répondit à son baiser avec la même force, toutefois sachant qu'il ne tarderait pas à perdre pied il la repoussa délicatement, mais non moins fermement.

— Si nous voulons terminer cette guerre je ne pense pas que ce soit la meilleure méthode ! Je crois qu'il vaudrait mieux que tu me laisses bosser. Si tu es dans les parages je ne peux absolument pas avoir la tête à penser... Du moins à penser tactique et stratégie.

Sans pouvoir résister il dessina du bout des doigts la courbe exquise de ses hanches, sentant sa peau douce, si douce sous sa main, frémir imperceptiblement. Elle se pencha, lui mordilla sa nuque rasée, avant de s'échapper dans une pirouette. Elle saisit sa robe tombée hier soir sur le parquet et s'en vêtit aussitôt.

— Me voilà chastement parée, tu n'es plus soumis à aucune déliquescente tentation, tu vas pouvoir m'expliquer sur quoi tu planches à présent.

Son regard d'azur s'attardant sur ses formes si féminines que sa robe mettait en valeur, il fit :

— Chaste ? Tu veux faire croire ça à qui ?

Elle rosit imperceptiblement, tout en lui envoyant une bourrade avant de se pencher sur les papiers s'étalant sur la table.

— Alors, tu m'expliques ? Ou nous pouvons passer à d'autres activités, c'est toi qui vois...

— D'accord je t'explique. Je cherche une arme de poing qui serait susceptible de transpercer les pseudos armures de ces géants, tout en étant létale sans qu'il y ait nécessité de tirer trente fois comme avec un arc.

— Hum, oui surtout qu'une flèche ne leur fait pas grand mal, hormis dans certains endroits très précis. Bon et tu trouves quelque chose ?

Il soupira tout en étirant son dos :

— Pas vraiment non. Ce qui fonctionne ce sont les scorpions, mais là on ne parle plus d'arme légère !

— Et une arbalète ?

— Oui mais les traits ne passent pas les armures. Il faudrait une arbalète avec une plus grande puissance, capable d'envoyer des traits plus lourds avec une plus forte vélocité.

— Ben voilà, t'as plus qu'à inventer ça, railla la jeune fille en lui lançant un regard mutin avant de se pencher vers lui, de l'embrasser hâtivement, d'attraper un châle et de se percher sur la fenêtre ouverte sur le froid de l'hiver.

Elle se laissa ensuite tomber, tout en lui envoyant du bout des doigts un baiser à la fois moqueur et tendre. Le coup d'aile de Vâlvătaie pour s'éloigner de la falaise, provoqua un courant d'air si violent qu'il fit s'envoler toutes les feuilles sur lesquelles le dragonnier travaillait. Cela ne l'agaça pourtant pas. Par les yeux de Lyra qui volait de concert avec eux, il voyait Nor' chevauchant son dragon rouge, riant, heureuse comme jamais il ne l'avait vue. L'esprit soudain apaisé, il retourna à ses croquis et ses calculs, certains de trouver une solution.

Lorsqu'elle revint en fin de matinée, les joues rougies par l'air glacial, apportant avec elle l'odeur du vent et de la neige, il était encore rivé à la table ayant rempli tout un tas invraisemblable de notes. Il se tourna triomphalement vers elle, l'attrapant par la taille et l'embrassant dans le même mouvement.

— J'ai trouvé ! J'ai trouvé comment faire !

— Génial ! Et ça va consister en quoi ?

Il l'embrassa à nouveau, tout en tirant plutôt adroitement sur les cordons qui fermaient son corsage, libérant sa poitrine aussi ronde et ferme que d'appétissantes pommes.

— Il faudra trouver un artisan pour réaliser un prototype, mais pour l'instant j'ai tout autre chose en tête.

Elle éclata de rire tout en dégageant ses épaules de ses vêtements, laissant glisser sa robe sur le parquet, encore... Offerte et douce elle se lova contre lui, heureuse de pouvoir lui montrer l'étendue de son amour. Peu ou prou ils avaient trouvé une sorte d'équilibre entre colère, pardon et réconciliation. Sans doute ne pouvait-on espérer mieux d'une relation entre dragonniers.


Les jours passèrent. Un armurier fut trouvé afin de fabriquer l'arme conçue par Sky. Ce dernier passa presque tout son temps dans l'atelier du nain ferronnier, réfléchissant avec lui aux diverses contraintes qu'exigeait la mise en situation. Enfin l'arme fut terminée. C'était une sorte d'arbalète comme l'avait justement suggérée Nor', dotée cependant de tout un engrenage visant à décupler la force de l'impact. Nor' surexcitée par ce que cette nouvelle arme pouvait signifier, voulut la tester la première.

Debout dans la cour d'entraînement de l'immense caserne, sous les regards attentifs de Sky, du chef armurier et des deux dragons vautrés sur une congère poussée par le vent contre l'un des murs de la forteresse, Nor' sanglée dans son uniforme noir darda un coup d'œil précis à la cible, l'arme reposant sur le sol. Prenant une inspiration, elle la souleva la trouvant lourde pour son bras, pourtant elle ajusta son tir sans trembler avant d'appuyer sur la détente. L'arbalète bondit entre ses mains tel un animal sauvage, tandis que le trait s'élançait et se fichait dans la cible, la transperçant de part en part. Un sourire dangereusement féroce éclaira le visage de la jeune fille. Elle se retourna vers Sky.

— Génial !

Il prit l'arbalète modifiée entre ses mains gantées, la soupesant avant de la porter en joue. Il la reposa tout en hochant la tête.

— Hum, c'est pas mal. Elle est trop lourde pour toi, mais pour les nains ça ira.

Nor' se renfrogna, mécontente qu'il doute de sa force. Son regard s'embrasa de lueurs rougeoyantes. Sky tendit l'arme au chef armurier tout en lançant un coup d'œil à la jeune fille, qui se tenait roidement debout dans les tourbillons de neige, la mâchoire serrée sur une colère sous-jacente. Si ce n'était son regard, elle ressemblait décidément beaucoup à son père, trop dans certaines occasions ! Sans concéder plus d'importance que sa brusque colère n'en méritait, il lui saisit le menton dans l'une de ses larges mains avant de l'embrasser avec tendresse.

— Tu voudrais avoir les bras de Gros Poings peut-être ? Pour ma part absolument pas ! On essayera de faire une version allégée. D'accord ?

Les flammes qui ensanglantaient son regard vacillèrent, comme hésitantes avant de s'apaiser. Elle devait le reconnaître Sky avait souvent raison, c'était indéniablement agaçant, mais c'était ainsi.

Après quelques ajustements la fabrication en masse des arbalètes fut lancée. Chaque soldat se vit donc équipé d'une arbalète anti-géant en sus de sa hache de guerre. Très vite la nouvelle arme fut affectueusement surnommée « la tranche géant » par les troupes nanesques, au vu des résultats. Sky lui, était retourné plancher sur d'autres épineuses questions, laissant à Nor' la responsabilité du survol du territoire.

Après maintes réflexions il conçut une baliste à répétitions capable de tirer jusqu'à dix traits d'affilés ! Une incroyable invention qui fit rugir de joie le Roi Tarquin. Aussitôt il mit tous les artisans disponibles à la construction à la chaîne de balistes afin d'en équiper chaque village, chaque hameau. Ainsi la population serait plus à même de se défendre en cas d'attaque, en attendant l'arrivée des troupes royales. Tous les bourgs et villages envoyèrent des nains qui subirent un rigoureux entraînement à son maniement. Ensuite ils repartirent vers leurs lointaines régions, emportant la redoutable arme, susceptible de défendre leur communauté. Les balistes furent idéalement installées au cœur de toutes les agglomérations : c'est-à-dire posée sur une tourelle construite sur le toit de la taverne. L'emplacement stratégique idéal !

En parallèle Sky établit des plans pour la construction d'une forteresse en avant de la Cité falaise, afin de prévenir toute attaque comme cela avait été le cas quelques mois auparavant. Une saillie de la montagne, sorte d'éperon rocheux serait un point idéal comme poste avancé dans la défense de la ville. Le Roi, conscient de la justesse des idées du dragonnier approuva tout : les balistes, la forteresse, même si au sein de ses ministres et conseillers une certaine grogne commençait à enfler. Toutes ces dépenses allaient considérablement amoindrir le trésor royal... Le Roi lors d'une séance houleuse, balaya les arguties du ministre des finances et de sa cohorte de conseillers économiques, en trois mots :

— D'accord n'investissons pas un écu, dans ce cas les géants nous massacreront tous et que deviendra le trésor ?

Les conseillers restèrent cois, n'ayant aucune réponse sensée à apporter.

— Nous sommes donc d'accord, constata le roi Tarquin du ton de l'évidence.

La forteresse fut donc construite. C'était moins une place forte qu'une bastide solidement armée de lourdes balistes et catapultes, où vivait en permanence une cohorte entière de gardes, sévèrement triés sur le volet. Un poste de communication express fut aussi mis en place dans tout le royaume. Les meilleurs colombophiles furent appelés afin de former des centres de pigeons messagers, chargés de porter les informations avec toute la célérité voulue. Ainsi le plus lointain hameau pouvait promptement communiquer avec la Cité royale, les troupes pouvant alors rapidement intervenir en cas d'attaque.

La communication n'était pas aussi rapide et efficace qu'avec des dragons, certains pigeons se perdaient assez stupidement, mais dans l'ensemble c'était un pis-aller qui fonctionnait. Les hordes des géants qui battaient la campagne pouvaient être suivies avec une certaine précision, on pouvait ainsi prévoir leurs mouvements et intervenir efficacement. La défense du royaume avait fait un solide pas en avant. Les nains avaient dépassé le cap de subir cette guerre, à présent ils la menaient.

Nor' se souvenant des récits de sa mère sur la guerre qu'elle avait elle-même vécue avant sa naissance, suggéra à Sky d'en apprendre un peu plus sur ces géants. Après tout c'est en connaissant les Bar'izgars qu'ils avaient pu établir le traité ayant définitivement clos les affrontements entre les humains et le peuple des forêts. Sky trouva l'idée excellente, bien qu'un léger détail différenciât les deux situations : ils ne bénéficiaient pas d'un Crystal magique capable de faire communiquer n'importe quelles espèces entre elles ! Le dragonnier ne baissa cependant pas les bras. Il réfléchit posément au problème afin d'en trouver une solution. Elle fusa presque comme une évidence : Il suffisait de capturer un géant, de l'enfermer solidement dans une geôle et de coller des érudits vingt-quatre heures sur vingt-quatre devant sa porte. À la fin ils finiraient bien par en apprendre quelque chose !

Ainsi fut fait. Une escouade de nains fit une diversion tandis qu'une autre troupe isolait l'un d'entre eux. Les dragons précipitèrent sur lui un gigantesque filet lesté de fonte, dans lequel il s'entortilla. Juste retour des choses somme toute !

Il fut sévèrement assommé, ligoté et enfin conduit tout empaqueté vers la Cité du roi où il trouva place tout au fond d'une caverne copieusement gardée, close par des grilles en mithril. Les réserves de ce minerai étaient minces, mais il fut jugé primordial d'en utiliser à de telles fins. Des érudits, spécialistes linguistiques et historiens se relayèrent nuit et jour, griffonnant des kilomètres de notes, interrogeant sans relâche le prisonnier. Au bout de quelques semaines à peine ils purent soumettre une sorte de dictionnaire de géantin.

Le langage était assez basique, dénué de conjugaison. Les géants ne semblaient pas comprendre une certaine temporalité, ainsi seul le présent existait, ni passé ni futur. Les diplomates auraient donc fort à faire afin de pouvoir établir un traité le jour venu, puisque comment faire comprendre un demain à des gens qui n'en avaient pas ? Le Roi grommela que c'était un détail qui se réglerait en temps utile.

Pour le reste la langue était basée sur de simples vocales, sans article ni accord. De même lorsqu'on demandait au prisonnier à combien s'élevait les troupes de géants il répondait invariablement : beaucoup. En effet leur manière de compter se limitait à un, deux et beaucoup, ce qui ne faisait guère avancer une fois encore la situation ! Toutefois on pouvait à présent communiquer avec le géant, ce qui était un premier pas. De là les érudits purent comprendre un certain nombre de déterminants fondamentaux de cette espèce, dont le plus important : la nourriture. Les géants semblaient en effet extrêmement gourmands. La productivité alimentaire diversifiée des nains les attiraient irrésistiblement. Ça et la bière bien évidemment !

Par le passé il y avait eu de longues et cruelles guerres géantines, elles avaient pris fin il y avait déjà plusieurs générations. Les nains de l'époque ayant résolu le problème par un massacre à grande échelle... Comment se faisait-il que des géants réapparaissaient ? D'où venaient-ils ? De plus tous les manuscrits décrivant les guerres d'autrefois, étaient unanimes, les géants étaient de grandes bêtes tout en bras et jambes et complétement nues ; il n'existait aucunement d'industrie géantine capable de produire armes, plastrons, casques et boucliers. Comment se faisait-il que ces géants-là, qui ne semblaient pas plus intelligents que leurs ancêtres, aient pu développer assez de savoir-faire ? C'était un mystère que Sky comptait bien éclaircir.

Pour l'heure sa blessure cicatrisait à la perfection, ses os se ressoudaient de même. Il était donc temps pour lui de reprendre l'entraînement, base de la vie même d'un dragonnier. Ainsi chaque matin, dans l'aube naissante, faisant fi du froid mordant de l'hiver il s'entraînait avec Nor', répétant inlassablement les gestes du chemin de l'Équilibre et de la Verticalité, renforçant ses muscles, domptant sa respiration, harmonisant son corps et son esprit. Reprendre les exercices d'assouplissements après tant de semaines sans les avoir pratiqués ne fut pas une simple affaire. Cependant aidé par Nor', soutenu par Lyra, il récupéra petit à petit toute la potentialité de son corps. Son épaule blessée retrouva force et souplesse, bientôt seule la trace étoilée de la cicatrice encore rosée, attestait de la gravité de ce qu'il avait eu. Nor' s'était astreinte elle aussi à la même discipline. Ses cicatrices tendaient même à disparaitre, ne laissant plus que de minces traits pâles sur ses jambes. Une mèche blanche tranchait sur sa chevelure aussi blonde qu'un champ de blé sous le soleil estival, tandis qu'une fine cicatrice barrait son front avant de disparaître en zébrant sa tempe, seuls et tangibles restes de sa folle chute. Elle avait appris à s'en accommoder du fait même que Sky ne semblait y accorder aucune importance. En effet même si auparavant elle arborait un visage lisse, finement ciselé, il préférait et de loin, la Nor' d'aujourd'hui, certes un peu cabossée, mais capable de proclamer et de revendiquer qui elle était.

Du plus loin qu'il s'en souvienne il l'avait toujours aimée, de manières pourtant bien différentes. Lorsqu'elle était petite, minuscule blondinette, vive et curieuse, toujours à courir au milieu des dragons. Enfant à la fois adulée comme la descendance du prodigieux Capitaine et de l'Héroïne du Royaume, toutefois incomprise et solitaire. Lui n'avait que douze ans, fils d'un Seigneur il avait eu une éducation rigoureuse et érudite, promis à reprendre le Duché familial. Il avait conféré l'Empreinte à la dragonne d'azur à la stupeur de sa famille. Il n'était pas préparé à devenir un dragonnier. La vie rude et austère de l'Antre fut un changement brutal pour lui. Heureusement il y avait Lyra, la plus douce et exquise dragonne qui puisse exister, du moins c'est la représentation qu'il en avait. Un jour, au détour d'un corridor creusé dans la roche même, il était tombé sur la plus étrange petite fille qui soit. Assise sur un débris de stalactite, elle se tenait là, un bloc de feuilles à la main, mordillant un crayon de ses petites dents nacrées. Que faisait-elle toute seule, perdue dans ce boyau ? Curieux il lui posa la question. Elle le considéra avec un grand sérieux, fronçant les sourcils au-dessus de ses yeux qu'elle avait si bleus à l'époque.

— Je réfléchis et je dessine, lui avait-elle répondu, avant de le bombarder de questions.

Qui était-il, comment s'appelait sa dragonne, quelle spécialité voulait-il faire plus tard... Il avait répondu du mieux qu'il avait pu, médusé à la fois par sa maturité et par la détresse qu'il avait lu dans son regard. Ce n'est que plus tard qu'il avait compris qu'elle était Nor', la fille du redoutable Capitaine au dragon noir. Nor' dont le nom même était une légende. En ancien langage Bar'izgar, il signifiait « petit nuage ». On disait que le jour de sa naissance, un nuage rose et solitaire avait traversé le ciel de cette aube nouvelle, annonçant un présage de force et de chance pour le nouveau-né.

Nor' dont les parents accaparés par leurs diverses responsabilités n'avaient que si peu de temps à lui consacrer. Nor' qui ne sachant même pas marcher, rampait vers les pattes énormes des dragons qui sommeillaient sur le devant des appartements familiaux afin de s'y musser et de s'y endormir. Plus qu'avec tout autre elle s'était toujours sentie acceptée, sécurisée parmi les dragons. Les dragonniers la rudoyaient souvent, agacés par ses galopades, ses éclats de rires et ses questionnements enfantins. Les dragons eux, supportaient patiemment ses embrassades, même Morkeleb acceptait qu'elle s'endorme blottie contre son ventre rebondi. Il la savait seule, en manque affectif chronique et parfois il en voulait à son dragonnier qu'il ne veille pas plus sur sa fille. Pourtant où pouvait-il trouver le temps de le faire ? Il commandait toutes les armées du Roi, une toute petite fille avait-elle sa place là-dedans ?

Alors, sans même qu'il le veuille, Sky l'étrange cadet un peu trop savant et lettré s'était lié d'amitié avec la toute petite blondinette. Il la fournissait en feuilles vierges qu'il subtilisait durant les cours théoriques, lui apportant du même coup des crayons de couleur avec lesquels elle pouvait dessiner des dragons en les parant de teintes irréelles. Lorsqu'il lui avait glissé dans la main pour la première fois, une poignée de crayons, pour la plupart déjà utilisés, ses yeux avaient brillé d'une joie sans précédent. Elle lui avait sauté spontanément au cou, lui disant qu'il était « le plus gentil de tous les dragonniers ». Pour lui ce n'était qu'un geste anodin, pour elle ce fut le plus beau présent qu'elle n'ait jamais reçu.

Plus tard, elle avait conféré l'empreinte au seul dragonneau vivant issu du croisement entre Morkeleb l'énorme dragon de guerre et Naluca la minuscule et dernière dragonne de Feu. Naluca avait refusé tous les autres enfants prétendants à l'Empreinte. Elle n'avait accepté que la fillette. Cela ne fut pas sans causer de violentes protestations : une fille dragonnière ? Et puis quoi encore ! Pourtant ce qui était fait ne pouvait être défait, Nor' était *de facto* une dragonnière pour le meilleur et au dire des mauvaises langues, surtout pour le pire !

Afin d'être à la hauteur de ses légendaires parents, elle s'était évertuée à être la meilleure même si c'était perdu d'avance. Elle était plus jeune que la plupart des garçons de son squadron, elle avait une constitution fine et gracile, absolument peu adaptée à une vie de guerrière. Quant à son dragon il avait tiré le moins bon de chacun de ses géniteurs : il avait la taille de sa mère, mais non son feu incandescent ni ses autres capacités ; de son père il n'avait pris ni la taille ni la robustesse tout juste sa capacité de réflexion. Pourtant ils s'étaient accrochés, courageusement. Faisant fi des quolibets et des moqueries.

Elle avait cessé de dessiner des dragons, mais elle n'avait jamais cessé d'être l'amie de Sky. Un jour il avait remarqué qu'elle n'était plus une petite fille. Son regard avait perdu sa couleur bleue originelle pour une succession mouvante de tons qu'il avait appris à interpréter. Pourtant lorsqu'elle le regardait, ses yeux avaient toujours cette candeur admirative qui semblait dire qu'il était son héros. Insidieusement, sans même s'en rendre compte, il s'était laissé prendre.

Irrémédiablement il était tombé amoureux d'elle. La première fois où ils s'étaient enfin embrassés, avait été le jour le plus extraordinaire de sa vie.

Des filles il en avait connues. Comme tous les dragonniers il répondait à des instincts féroces qui ne les rendaient pas très populaires parmi le bas peuple. C'était au dire du Roi et de ses ministres un faible prix à payer pour une sécurité sans faille. Les milliers de jeunes filles violées chaque année ne semblaient pas penser la même chose, mais qu'importe...

Sky lui, se contentait d'écumer les tavernes en compagnie de son squadron, frasques tolérées dans la vie et l'évolution d'un jeune dragonnier. Il était déjà un dragonnier à part. Trop intelligent. Trop érudit. Lorsqu'il tomba amoureux de Nor', bien qu'ils gardassent leur relation secrète, il s'isola un peu plus. Ses camarades lui pardonnaient : il était Maître Tacticien et ce titre méritait tout leur respect, surtout de la part des cancres qui n'avaient rien écouté pendant les cours théoriques !

Toutefois plus Nor' grandissait plus elle s'apercevait avec une cruelle objectivité qu'elle ne serait en aucun cas l'égale de ses parents. Elle ne serait qu'une dragonnière même pas moyenne, mais carrément piteuse. Plus elle voulait se hisser à leur niveau, moins elle y parvenait. C'était assez injuste au vu des efforts qu'elle fournissait, seulement la lutte était perdue d'avance. Ayant aussi hérité du tempérament déterminé de ses parents, elle s'obstina jusqu'à oblitérer tout ce qu'elle était. Elle s'entraîna afin de devenir la plus rude et impitoyable dragonnière, jusqu'à devenir une sorte de caricature d'elle-même. Sa relation avec Sky était sa seule faiblesse. Sa seule concession. Pourtant même avec lui, elle demeurait murée dans un carcan, enfermant sa réelle personnalité derrière de hautes et solides murailles, afin que nul, même pas lui, ne puisse se douter de ce qu'elle était vraiment. Au fond d'elle-même elle était toujours cette fillette blonde, solitaire et rêveuse qui aimait dessiner des dragons et des arcs-en-ciel…

Aujourd'hui elle était libérée de toute cette pression. Loin des autres dragonniers elle pouvait enfin se permettre d'être elle-même. Cette nouvelle Nor', avec ses mèches blondes indisciplinées, cette Nor' joyeuse, un brin artiste, un brin rêveuse, mais néanmoins toujours courageuse, cette Nor' qui osait le regarder droit dans les yeux, oui cette Nor'-là était celle qu'il aimait.

Lyra, amplement soutenue par la vivacité joyeuse de Vâlvătaie, retrouva bientôt elle aussi toutes ses forces, sapées par la longue progression souterraine. Copieusement nourrie d'autre chose que d'araignées cavernicoles, elle reprit rapidement tout son tonus. Ses écailles retrouvèrent leur éclat et leur pureté de ciel estival tout autant que son ventre rebondi ! Son dragonnier recouvrait ses forces presque au même rythme, sa blessure ne fut bientôt plus qu'un souvenir, une simple cicatrice sur sa peau. Rongé par l'inaction, il retrouva le plaisir de voler avec un soulagement intense.

Bientôt ils furent capables d'accompagner Vâlvătaie et Nor' dans leurs missions de surveillance. Ailes contre ailes, ils volaient à nouveau ensemble comme auparavant, parcourant le ciel, s'appropriant l'espace. Maîtres du vent et des nuages, silencieux, impitoyables ils étaient la foudre et l'orage, typhon et tempête qui fondaient sur les géants terrifiés.

Un jour ils attaquèrent en formation serrée, plongeant en piqué sur un groupe de géants qu'ils avaient acculé, les repoussant jusqu'au bout d'une falaise surplombant un fleuve aux eaux jaunes, glacées. Les géants effrayés tentèrent de se défendre, lançant leurs lourdes lances contre les dragons. Ces derniers rapides et véloces les évitèrent. Toutefois Vâlvătaie gardait-il une peur sous-jacente depuis qu'il avait reçu le filet qui avait failli les tuer Nor' et lui ? Lorsque la première lance siffla dans le ciel, s'envolant vers lui, il eut une réaction instinctive des plus inimaginables : ses écailles changèrent instantanément de couleur prenant en une fraction de seconde la teinte exacte de ce ciel hivernal, sombre, gris et nuageux. D'un coup d'aile, devenu comme soudainement translucide, il évita la lance tandis que Nor' retenait un hurlement de surprise et d'inquiétude, ayant tout à coup l'impression terrifiante de ne chevaucher que du vide. D'un même accord les dragons virèrent et partirent se poser sur un mont un peu éloigné. Sky tout autant effaré que Nor' pouvait l'être.

Lorsque Vâlvătaie toucha le sol moussu et terreux, ses pattes prirent comme magiquement la teinte du sous-bois. De gris bleu il passa au vert marron, demeurant ainsi toujours quasiment invisible, du moins idéalement camouflé. Légèrement tremblante, Nor' sauta sur la mousse craquante de gelée, regardant et touchant son dragon sans comprendre. Lyra semblait tout aussi perplexe, dardant sur son compagnon ses immenses yeux d'azur, ne sachant trop quelle conduite adopter. Sky s'approcha du petit dragon, passa sa main sur ses écailles comme pour se confirmer qu'il était bel et bien là. Vâlvătaie cligna des yeux, seule partie clairement visible de son anatomie ; il semblait tout autant inquiet que sa dragonnière !

Sky hocha la tête, avant de finalement lâcher avec une sorte d'amusement admiratif :

— Je crois que te voilà le premier dragon mimétique !

— Hein ? Qu'est-ce que tu veux dire ? s'exclama Nor', son regard passant sans transition d'une couleur à l'autre en un roulement ininterrompu qui traduisait son désarroi.

— Il a une dizaine d'années n'est-ce pas ?

— Euh, oui mais où veux-tu en venir ?

— Juste qu'il est à présent un dragon adulte, plus un dragonneau. Il prend donc sa couleur définitive, et de fait étant capable de varier la pigmentation de ses écailles et de ses yeux, il peut en ajuster précisément la teinte afin de se fondre dans son environnement. Voilà pourquoi ses yeux, et les tiens par la même occasion, n'ont pas de couleur fixe.

— Mais… Mais c'est impossible aucun dragon ne fait ça !

— Eh bien il y a un début à tout ! Vâlvătaie étant un hybride il détient un patrimoine génétique unique qui s'est réarrangé différemment. C'est l'évolution.

Les explications semblant l'apaiser, Vâlvătaie reprit progressivement sa teinte rouge sombre, à son vif soulagement. Nor' l'embrassa sur sa truffe soyeuse, ravie de le retrouver tel qu'il avait toujours été. Elle se tourna cependant vers Sky en disant :

— Et maintenant il est à nouveau rouge, il ne devrait pas rester couleur sol de forêt ?

Sky sourit tout en secouant la tête :

— Non les animaux mimétiques ont tous une couleur de base, une carnation propre si tu préfères, en l'occurrence le rouge sombre pour Vâlvătaie. Ils n'adoptent une coloration de camouflage qu'en cas de peur ou de stress.

Il ajouta ensuite :

— Nous voilà équipés d'un dragon invisible, tu imagines le potentiel ?

Elle haussa les épaules, tout en maugréant :

— J'imagine surtout que lorsque nous rentrerons chez nous, nul ne se moquera plus de sa taille…

Sky hocha la tête, tout en prenant la jeune fille dans ses bras.

— Ça aussi bien évidemment.

Pendant ce temps, les érudits progressaient sur la compréhension du langage géantin, surtout depuis qu'ils avaient saisi le levier qu'ils pouvaient avoir sur leur prisonnier. Celui-ci ne craignait pas grand-chose, n'ayant sans doute pas suffisamment d'imagination pour ça ! Pourtant il était capable de tout afin d'obtenir… un peu de bière. Les nains étaient bien capables de comprendre ce penchant. Plutôt que d'user du bâton, ils se servirent de la carotte qui n'était autre que des fûts d'alcool ! Les érudits buvant tout autant que leur sujet d'études, il fallait faire assez souvent des rotations avec les divers linguistes, néanmoins les connaissances commencèrent à se compiler à la vive satisfaction du Roi Tarquin.

Au bout de quelques semaines les savants purent présenter une synthèse de leurs diverses études. Dans la salle de réunion des ministres, devant l'ensemble du gouvernement, des généraux et des deux dragonniers, ils se présentèrent à tour de rôle afin d'exposer leurs observations. Ils étaient admirablement à peu près sobres.

Après la guerre qui les avait amenés au bord de l'extinction, les géants survivants avaient fui le pays des méchants nains (sic !) afin de gagner des contrées lointaines, dénuées de ces affreux poux de sol ! Les rares survivants avaient longtemps marché, toujours tout droit vers le sud ; ils s'étaient arrêtés lorsqu'il n'y avait plus eu de terre, seulement de l'eau qu'ils ne savaient pas traverser. Ils s'étaient installés là sur des terres humides, délicatement spongieuses sous leurs pieds ; ils avaient rebâti un village, trouvant à manger des poissons énormes dans l'eau profonde ou de gros lézards qui grouillaient dans les marais. Ils avaient pu un peu oublier toutes les atrocités faites par les immondes gnomes. Le temps passa, hélas lézards et poissons étaient de plus en plus difficiles à trouver. Leur nouveau Roi, Sined le visionnaire, avait longtemps réfléchi, très longtemps, puis il leur avait annoncé qu'il fallait à nouveau se rendre au pays des gnomes. Mais pas n'importe comment. Il faudrait d'abord pouvoir se munir de carapaces comme en avaient les gnomes. Avec ça il serait impossible aux minuscules poux de les tuer. Pour se faire il suffisait de s'approprier le secret des nains. Ils avaient réussi à en capturer deux ou trois, un jour qu'ils passaient sur l'eau dans l'une de leurs maisons flottantes. Par malchance deux ne survécurent pas à leur capture et le dernier refusa tout net de les aider. Ils finirent par le manger.

Sined avait alors envoyé une escouade dans les terres des gnomes. Ils avaient réussi à attraper deux nains qui travaillaient dans leurs champs. Ils leur avaient fait comprendre peu à peu ce qu'ils voulaient. S'ils refusaient, ils écraseraient leurs maisons et leurs familles. Les nains s'étaient pliés à leurs exigences. Ils leur avaient montré comment fabriquer du fer à partir du minerai. Les géants s'étaient lancés et avaient creusé une mine en se rendant hors de leur marais, prenant le risque d'être découverts. Ils avaient exploité un filon qui courait dans des collines proches du royaume nanesque. Ils avaient appris à produire du fer, à le forger, à fabriquer des plastrons d'armure, des boucliers, des armes... Cela mit du temps, mais les géants avaient pu un jour sortir de leur ville, et attaquer enfin les gnomes, certains de ne pas risquer grand mal. Que pouvait une pitoyable hache contre une lance barbelée ? Ils avaient commencé par les villages isolés de pêcheurs, sur le bord du littoral, avant de s'élancer vers l'intérieur des terres, certains d'y trouver une nourriture abondante et succulente.

Les érudits furent vivement félicités, le Roi lui-même leur octroya un droit d'accès à la cave du palais en remerciement. Forts de tous ces renseignements, des réponses qui complétaient ainsi les multiples questions qu'ils se posaient, les généraux, ainsi que les conseillers de guerre soutenus par les deux dragonniers, purent envisager un véritable plan d'action. Un plan qui pourrait clore cette guerre à tout jamais. C'est Sky qui proposa le premier la solution. Nor' resta une seconde choquée qu'il put envisager cette option. L'envisager sérieusement. Les Généraux, puis le Roi, tous approuvèrent. Seule Nor' ne partageait pas cet avis. Sky tenta de lui expliquer le principe d'une frappe décisive qui épargnerait en fin de compte tant de vies, tant de souffrances. Sans doute avait-il raison, mais l'idée même lui donnait la nausée.

Ce matin-là ils s'envolèrent tous deux vers le sud. Elle était aussi pâle que la neige qui tombait en lent tournoiement, blanchissant leurs épaules. Lasse, écœurée elle enfourcha l'encolure de Vâlvătaie avec l'impression étrange d'être dans du coton. Son estomac dansait désagréablement, tentant de faire remonter un petit déjeuner qu'elle n'avait pas pris. Ses oreilles bourdonnaient alors que ses bras semblaient si lourds. Inquiet Vâlvătaie murmura pour elle seule :

— Ça ne va pas ? Tu es malade ?

Elle haussa une épaule agacée :

— Oui malade à l'idée de ce que je vais devoir faire !

— Oh, si ce n'est que ça... Quelques géants de moins ça ne peut qu'être bon à prendre, surtout si la guerre se termine et qu'ensuite nous pouvons rentrer chez nous. Tu n'es pas d'accord ?

— Oui, sans doute..., bougonna-t-elle tout en réprimant une envie soudaine de vomir.

— Tu es sûre de ne pas être malade ? Ton odeur n'est pas la même que d'habitude...

Elle caressa doucement son encolure écailleuse, tout en le rassurant du mieux qu'elle pouvait :

— Tout va bien, ne t'en fais pas.

Sky s'approcha d'eux à cet instant, l'air froidement déterminé. Lorsqu'il la vit le teint livide, un éclair d'anxiété traversa une fraction de seconde son regard clair :

— Ça ne va pas ?

Prise d'un autre haut-le-cœur, elle ne put répondre autrement que par un vague hochement de tête. Posant doucement l'une de ses mains gantées sur son épaule en un geste chargé de tendresse, il fit à voix basse.

— Je sais que tu désapprouves, mais il n'y a aucune autre solution qui permettrait de finir cette guerre. Du moins aussi vite. Peux-tu me suivre et me faire confiance ?

Touchée malgré elle, elle effleura sa main de la sienne, tout en chuchotant :

— Je te fais confiance.

Ils s'envolèrent enfin dans un ciel blanc de neige, où seuls les sens affinés des dragons et de leurs dragonniers leur permettaient de se déplacer sans heurter un quelconque obstacle, montagne, arbres ou falaise.

Ils volèrent des heures. Le froid était mordant. Toutefois plus ils s'avançaient vers le sud plus les températures remontaient. D'abord imperceptiblement puis de plus en plus franchement. Bientôt ils retrouvèrent un ciel dégagé accompagné d'un soleil qui sécha leurs uniformes trempés de neige.

Ils volèrent quatre jours d'affilée, ne s'arrêtant que quelques heures afin de se reposer, dormir et se restaurer. Cela aurait pu être une escapade magnifique, ils étaient seuls avec leurs dragons, découvrant un monde inconnu et somme toute merveilleux avec ces forêts séculaires, ces collines rondes et ces vastes plaines herbeuses ressemblant tant à celles de leur propre monde. Pourtant ils ne pouvaient se départir d'une certaine morosité. La responsabilité de ce qu'ils allaient accomplir certainement. Nor', elle, se sentait de plus en plus malade. La moindre nourriture ou évocation de nourriture suffisait à lui faire monter d'irrépressibles nausées. Ne voulant pas sembler aussi pitoyablement sentimentale qu'une Domna de la cour, elle s'évertua à n'envisager que l'aspect purement guerrier de leur mission, qui, si elle y réfléchissait objectivement n'était pas dénué de sens.

La nuit précédant leur dernière journée de vol, ils trouvèrent à se poser dans une belle clairière couverte d'une herbe tendre, parsemée de bouquets de primevères. Les dragons partirent chasser, laissant leurs dragonniers à leurs humaines affaires. Sky étendit sa cape sur l'herbe douce, les dragons n'avaient pas besoin de savoir la suite des événements... Ils la connaissaient déjà ! Lorsqu'ils revinrent de leur chasse nocturne, les dragonniers enlacés dormaient paisiblement. Les dragons se couchèrent à leur tour dans l'herbe, écrasant les fleurs jaunes qui répandirent leur parfum dans la nuit.

Un bruit infime, frôlement de pas, effleurement de l'herbe qui se plie, tira Lyra du sommeil. Vâlvătaie tout roulé en boule à ses côtés ne semblait pas avoir entendu ou du moins y avoir prêté la moindre attention. Curieuse, la grande dragonne se releva avec souplesse, sans faire plus de bruit que les pétales des primevères qu'elle heurta de ses griffes. Se fiant à son odorat elle traversa la clairière. Tendant le cou dans l'obscurité du sous-bois elle avisa alors la jeune dragonnière agenouillée, en train de vomir tout ce qu'elle pouvait. Elle lui souffla dans la nuque afin de la réconforter. Nor' se redressa, légèrement tremblante, s'agrippant au long museau de la dragonne. Celle-ci huma longuement la petite dragonnière, anxieuse de la savoir malade. Un grondement soudain lui échappa, sorte de cri de joie et de surprise. Elle poussa légèrement Nor' de la tête tout en lâchant dans une sorte de feulement ravie :

— Mais tu n'es pas malade ! Lui as-tu dit ?

Nor' fronça les sourcils, son regard virant dans de brusques teintes rougeoyantes.

— Arrête Lyra ! Laisse-moi tranquille !

Agacée, l'énorme dragonne se redressa empêchant la jeune fille d'avancer.

— Tu dois lui dire.

— Pousse-toi déjà, ensuite je verrai.

Dragonne et humaine s'affrontèrent du regard, lorsqu'une voix froide les fit presque sursauter :

— Mais qu'est-ce qu'il vous prend à toutes les deux ? Vous êtes devenues folles ou quoi ? Lyra tu défies un Maître dragonnier...

Se tournant vers son dragonnier, la dragonne s'adoucit quelque peu, mais lâcha néanmoins :

— Je ne fais rien du tout ! Demande plutôt à ta petite humaine ce qu'elle te cache.

Baissant la tête, Sky dévisagea la jeune fille qui détourna le regard, tout en bougonnant :

— Ça suffit, je suis épuisée, calme ta dragonne je vais dormir !

Il la saisit brutalement par un bras, l'attirant contre lui.

— Qu'est-ce qu'il y a Nor' ?

Prenant une brusque inspiration, elle fit :

— Je te le dirai une fois cette mission achevée, d'accord ?

La dragonne cracha une flammèche d'agacement tout en laissant tomber abruptement:

— Elle est enceinte.

Furieuse, Nor' se jeta sur la dragonne lui assenant une rude claque sur la truffe. Sky l'attrapa à bras le corps ne comprenant plus grand-chose.

— Attends, Nor', calme-toi. Est-ce vrai ce qu'a dit Lyra ?

Les mâchoires serrées sur sa colère, la jeune fille lâcha néanmoins un oui glacial. Partagé entre joie et ébahissement, le grand dragonnier fit :

— Mais... Mais pourquoi ne pas me l'avoir dit ?

La jeune fille poussa un profond soupir tout en repoussant les mèches folles de sa chevelure indisciplinée :

— Je m'en doutais, mais c'est Vâlvătaie qui me l'a confirmé hier. Je ne voulais pas te le dire tout de suite. Pas avant qu'on soit revenu de cette mission. Tu vas devoir compter sur moi, sans craindre de me ménager, sans avoir peur pour moi. Je ne voulais pas que cette hum, nouvelle vienne altérer ta manière de mener cette mission. Mais bien évidemment cette grosse dinde de dragonne a préféré lâcher le morceau avant.

Vexée, Lyra bougonna que l'humaine n'avait qu'à lui expliquer tout ça, toutefois Sky ne lui accorda aucune attention. Prenant la jeune fille entre ses bras, il l'embrassa avec une sorte de bonheur incrédule. Tant de morts, tant de souffrances pourtant ils avaient droit à une part de chance, une part de paradis. La dragonne grommela cyniquement pour son seul dragonnier qu'au vu de leurs activités extra guerrières la chance n'était pour rien là-dedans !

Cela fit éclater de rire son dragonnier. Il n'avait jamais été si heureux, si surpris qu'en cette seconde même. Peu importait ce qu'il adviendrait demain, ce soir il tenait Nor' dans ses bras avec cette promesse si tendrement blottie dans le secret de son ventre.

endant longtemps le souvenir de cette journée de feu, de cris et de morts devait rester gravée dans la mémoire de la jeune dragonnière. Lorsqu'elle fermait les yeux elle revoyait les huttes en feu, les géants de tous âges qui, affolés, couraient en tous sens sans parvenir à se soustraire ni aux feux des dragons ni aux traits des dragonniers. Cependant, malgré l'horreur elle avait été jusqu'au bout de sa mission. Elle était une dragonnière, quels que soient les ordres elle se devait de les exécuter. Qu'ils lui plaisent ou pas. Elle n'était pas là pour juger, mais pour exécuter. Alors fondant depuis le ciel, menace sournoise et invisible ils avaient attaqué la ville des géants, la réduisant en flammes. Ils laissèrent les gens s'enfuir, toutefois il y eut peu de survivants. Ce fut la dernière action de cette guerre. Peu après les géants capitulèrent, leur chef ou Roi on ne savait pas bien, Senid signa un traité de paix dans lequel il était établi que les géants devaient réparation aux nains. Ils travailleraient ainsi à reconstruire fermes et villages, en contrepartie ils seraient nourris et recevraient un tonneau de bière journalier. L'accord fut fait.

Par malheur Senid ne le respecta pas. Lançant une attaque fourbe et désespérée, il fut arrêté, jugé avant d'être somptueusement exécuté sur le parvis du palais. Ceci coupant court à toute autre velléité de révolte ! Son crâne fut soigneusement nettoyé et conservé en évidence à côté du trône royal, en rappel constant des événements.

À partir de ce moment-là, les géants furent sous haute surveillance. Interdits d'expansion démographique, ils étaient seulement autorisés à avoir un enfant par couple. Les nains ne voulaient plus prendre de risques inutiles, tout en ménageant une main d'œuvre forte et bon marché. Ils furent donc mis au travail : dans les mines, à la construction de routes et surtout à l'énorme chantier royal. Étonnamment ce marché sembla convenir aux géants, qui se plièrent sans rechigner à ces injonctions : ils avaient à manger et de la bière à profusion que pouvaient-ils rêver de plus ? Après les pertes atroces dues à la guerre, chacun aspirait à retrouver une certaine quiétude, tout autant les nains que les géants. Un équilibre fragile commença à naître entre les peuples antagonistes, un équilibre certes précaire, mais qui ne demandait qu'à se renforcer afin de bâtir un avenir stable et solide pour tous.

Un matin de printemps, tandis que le ciel offrait l'une de ces journées pleines de promesses de renouveau après la rudesse d'un hiver glacé, qu'une brise tiède agitait mollement les barbes somptueusement coiffées des rudes Porte-Haches royaux, un délicat rayon de soleil effleura les joyaux du trône érigé pour l'occasion sur le parvis du palais. Une foule immense se bousculait dans un habituel tohubohu, chacun espérant apercevoir la haute et impérieuse silhouette du Roi Tarquin le Titan, pourtant ce que tous attendaient c'était bel et bien les héros du jour, ceux sans qui rien n'eut été possible : les dragonniers.

Remontant le long tapis incarnat déroulé devant le trône, les deux dragonniers vêtus de leur austère uniforme en cuir noir, leurs capes bruissant derrière eux dans la brise, le soleil jouant sur leurs insignes en argent, s'avancèrent d'un même pas vers le roi. Lentement Tarquin se leva, tandis que tous s'agenouillèrent, exceptés les dragonniers qui seuls, roides et froids restèrent figés au garde à vous. Un demi-sourire éclaira la face rude du Roi. Lentement il descendit les quelques marches du piédestal où se trouvait son trône, s'avançant vers les dragonniers en contradiction absolue avec toute forme de protocole.

— Ce jour est pour vous, ainsi que pour vos dragons, bien entendu ! s'exclama Tarquin d'une voix forte, alors qu'un sourire adoucissait son visage dur. Survolant en rase-mottes la foule agglutinée, faisant naître tout à la fois des cris d'effroi et d'admiration, les dragons tournoyèrent quelques secondes, avant de se poser sans plus de cérémonie, sur les toits en or des tours du palais. Le soleil faisait scintiller leurs écailles comme autant de gemmes précieuses, se reflétant tout aussi abruptement sur leurs armures en mithril, qu'ils arboraient avec semblait-il beaucoup de fierté. Ces armures réalisées sur-mesure par les plus habiles artisans, forgées dans ce métal ô combien précieux d'un gris éclatant, étaient le cadeau du peuple nain à leurs sauveurs ailés. Un présent digne de la rançon d'un roi.

— Vous êtes élevés au rang de Héros du Royaume et serez à jamais honorés, car la dette que nous avons envers vous ne saurait être effacée. Nous, peuple des nains sommes vos éternels débiteurs. Nous tenons néanmoins à vous offrir quelques maigres symboles de notre reconnaissance. Voici pour vous Maître archer Nor', fit le Roi d'un ton terriblement solennel tout en prenant des mains d'un officier un coussin sur lequel reposait une épée, qu'il tendit à la jeune fille.

Impressionnée malgré elle, Nor' reconnut sa propre épée dont la garde était à présent ornée d'une pierre rarissime aux couleurs changeantes de l'arc-en-ciel, du même éclat que ses yeux. La main tremblant imperceptiblement, elle la prit avant de l'élever vers le ciel, provoquant un murmure extasié de l'assistance. Seuls des nains pouvaient comprendre la valeur de cette pierre unique, découverte dans le cœur de la montagne même.

— À vous Éclaireur Sky j'offre la forteresse, érigée en amont de cette Cité. Aménagez-là jusqu'à en faire le donjon idéal pour vos dragons.

Sky ne s'attendait pas à un tel présent, il en resta stupéfait. Malgré tout son visage demeura de marbre, ne reflétant aucune sorte d'émotion.

Seule Nor' perçut l'infime accélération de son pouls.

— Tous les deux soyez élevés au rang de Hauts Protecteurs du royaume, avec les avantages sonnants et trébuchants que cela implique bien évidemment ! poursuivit Tarquin en souriant largement.

— De plus, ajouta-t-il, nous lançons un grand chantier royal, car rien ne doit être plus important que de vous permettre de revoir les vôtres, aussi de par ma volonté nous allons entreprendre le creusement d'un tunnel visant à réunir notre royaume à votre monde. Ce tunnel sera suffisamment large pour laisser le passage à deux dragons volant côte à côte, il aura de surcroît une voie à double sens pour les piétons et les charretiers. C'est certes un travail colossal, titanesque, un défi que nous autres nains saurons relever avec brio et pugnacité.

En entendant ces mots, Nor' ne put dissimuler son émotion. Son cœur bondit : elle rentrerait un jour chez elle, elle reverrait ses parents, la Citadelle et le soleil couchant sur les plaines. Elle se tourna légèrement vers Sky, leurs regards se croisèrent une fraction de seconde. Elle y lut le même bouleversement incrédule et heureux. Doucement, sans que rien ne transparaisse sur son visage, il referma ses doigts sur sa main, la lui serrant imperceptiblement en un geste d'une étonnante tendresse.

La foule hurla de joie au discours du roi, faisant sourire ce dernier. Elle s'écria plus encore lorsqu'il annonça les débuts des festivités visant à célébrer le retour de la paix. La liesse dura sept jours d'affilée. La bière coula à flots au sens strict… Jamais ville naine n'avait connu si grande et formidable beuverie ! Un jour férié de fête Nationale fut instauré à la date où Nor' déboula au sens propre dans le royaume. Pour cela les dragonniers n'en furent que plus appréciés ! Quant à Tarquin le surnom de Titan fut retiré au profit de Pourfendeur de Géants, c'est par ce dernier qu'il fut connu dans les manuels d'histoire.

rois ans passèrent, plus vite qu'escomptés. Il y avait tant à faire. Tant à organiser. Tant à découvrir. Tant à vivre aussi. Romarin par une somptueuse journée de printemps, épousa le garde de ses rêves. Pépin toute parée de fleurs tenait solennellement la traîne diaphane de la mariée tandis que Gros Poings écrasait une larme dans sa grosse barbe. Romarin et Farquin vinrent alors vivre à la forteresse des dragons, Farquin étant devenu l'un de ces gardes d'élite promus à l'escouade dragonnière. Romarin devint la gouvernante de la forteresse, ce qui était une responsabilité qui lui allait à la perfection, elle si longtemps formée sous la rude férule de Joliemain ! Comme jadis Nor' et Romarin pouvaient continuer à rire et discuter, amies et confidentes.

Alors le temps fila même si l'avancée lente, presque crispante du tunnel était le sujet autour duquel venait s'échouer toutes leurs conversations. Puis soudain, trois ans après le premier coup de pioche et la première pinte, l'un n'allant pas sans l'autre chez les nains, la terre s'éboula de l'autre côté du monde, tandis que la lumière venant de Terra Draco illuminait l'excavation. Tous restèrent éblouis, hébétés. Depuis tant de temps qu'ils attendaient ce moment, ils avaient fini par ne plus y croire, comme si la montagne s'étendait à l'infini et qu'ils creuseraient à jamais. Mais non la cordillère avait une fin : un monde s'ouvrait là, à la fois différent et semblable au royaume des nains.

La première Nor' s'avança, légèrement tremblante. Que lui réservait ce monde à présent étranger ? Vâlvătaie la poussa de son mufle afin de la décider à franchir l'orée du tunnel, tandis que lui-même s'avançait fermement à l'extérieur, suivi presque aussitôt par Lyra et Sky. Soudain ils furent tous quatre assaillis par une multitude de voix et de questions, bourdonnantes en une abominable clameur. Nor' cria, portant la main à ses oreilles. Elle avait oublié la sensation que cela faisait d'être branché dans le courant de vie des dragons et des dragonniers. Leur réapparition brutale devait causer un certain émoi... Ils étaient assiégés de questions, néanmoins comme ils en avaient maintes fois discuté, ils ne répondraient qu'une fois devant leur Capitaine. Face à face.

Ils enfourchèrent leurs dragons magnifiquement parés de leurs armures en mithril étincelant, eux-mêmes resplendissants dans leurs uniformes sombres aux parements d'argent. Le ministre du commerce, haut responsable de la guilde des marchands prit place derrière Sky, un brin tremblant, mais se donnant du courage en songeant aux ventes et contrats futurs. L'envoyé du Roi Tarquin, l'ambassadeur Fortarin fut dûment installé sur Vâlvătaie, serrant sa cassette bourrée de présents et de propositions de traités d'échanges commerciaux. Les dragons dans un même élan s'envolèrent sous les bravos de la foule des nains et des géants, restés en lisière du passage.

Lyra et Vâlvătaie n'avaient pas volé cinq minutes, déjà deux dragons venaient à leur rencontre, chargés de les intercepter ou de les escorter ? Sky se redressa, leur transférant âprement son grade. Les dragonniers acquiescèrent, se rangeant à côté d'eux, moitié guides moitié sentinelles. D'autres vinrent grossir les rangs, jusqu'à former une stupéfiante armada au fur et à mesure de leur avancée vers la Citadelle. Le vol était long, il nécessitait d'ordinaire deux bonnes journées, mais ni Nor' ni Sky ne tenaient à s'arrêter avec une telle compagnie. Ils firent donc le trajet d'une traite, sévèrement surveillés par leurs anciens condisciples.

C'est avec un vif soulagement et non moins d'émotion qu'ils virent la montagne solitaire de la Citadelle, trancher la ligne d'horizon des plaines. Bientôt ils en aperçurent le donjon, la haute tour du mage, et là-haut l'Antre des dragonniers. Ils étaient rentrés chez eux. Ils volèrent directement jusqu'au parvis qui s'étendait devant l'Antre, en proie à une certaine agitation peu habituelle. Ils se posèrent dans un tourbillon de poussière, les armures de mithril éblouissantes sous le soleil. Ils atterrirent au milieu de centaines de dragons accompagnés de leurs dragonniers venus voir ce que leurs sens leur criaient depuis des heures déjà : les dragons disparus étaient soudainement réapparus !

Ils les considérèrent d'un air à la fois distant, intense, hostile. Cela faisait si longtemps que Nor' et Sky étaient partis, qu'ils en avaient presque oublié les codes de vie parmi leurs semblables, parmi les dragonniers. Épuisée, effrayée, Nor' parcourut du regard l'assemblée, cherchant un repaire, un visage souriant qui semblerait heureux de les revoir. Cependant tout autour ce n'étaient que regards sombres, aussi sombres que les austères uniformes en cuir, visages tendus et fermés. Tout à coup, tous s'écartant devant lui, son père fut là suivi par le colossal dragon noir, Morkeleb. Il s'arrêta à quelques pas d'eux, les considérant de son regard aussi noir que l'était son dragon. Il n'avait pas changé. Toujours si grand, si imposant de charisme. Il se tenait toujours roide, le visage indéchiffrable et seuls quelques cheveux grisonnants sur ses tempes, montraient que le temps l'affectait lui aussi. Une vague de soulagement la transporta soudain. Son père était là, rien d'autre ne comptait. Se laissant glisser de l'encolure de Vâlvătaie elle s'élança vers lui moitié riant moitié pleurant, tout en bredouillant dans cette langue qu'elle ne parlait plus que si rarement :

— Père... Père !

Elle s'apprêtait à lui sauter au cou, lorsqu'elle fut stoppée par une gifle qui l'envoya rouler sur le parvis rocheux. Éberluée, elle ne savait plus ce qui se passait. Elle se raccrocha au bras de Sky qui s'était précipité vers elle. Le regard glacé, sa cicatrice blanche de colère, le Capitaine marcha sur eux. Sky plongea aussitôt dans un salut poing sur la poitrine, nuque ployée et genou à terre, tout en s'écriant d'un ton ferme :

— Éclaireur Sky et Maître archer Nor' au rapport Capitaine.

Lentement il se redressa, faisant face à son supérieur. Il tendit la main à Nor' qui s'y cramponna, se remettant debout, à la fois terrifiée et folle de colère.

— Comme prescrit dans ma mission je reviens avec le Maître archer Nor'. J'avais fait la promesse à Domna Mona de ne pas revenir sans Nor', sans sa fille eh bien la voici.

Le regard mortellement glacial, le Capitaine le toisa :

— Domna Mona est en voyage diplomatique, elle n'est pas ici afin de pouvoir se réjouir d'un serment que vous avez mis trois ans à tenir… Il s'est passé plus de trois ans Éclaireur. Où étiez-vous durant tout ce temps ?

Soutenant sans ciller le regard polaire du Capitaine, Sky fit d'une voix à présent accoutumée à commander.

— Je vous ferai mon rapport, je vous dirai alors tout ce que vous voulez savoir Capitaine, mais pour l'instant Nor' est éreintée elle a besoin de se reposer, tout comme nos invités. Puis-je les mener à des quartiers où ils pourront s'allonger quelques heures ?

Un éclair d'amusement passa fugitivement dans le regard noir de Tar'dva. Il jeta un coup d'œil aux deux dragons, aux deux étranges et minuscules créatures qui en descendaient ou plutôt se laissaient tomber au sol, songeant que finalement ce jeune blanc-bec trop intelligent et érudit était devenu un redoutable dragonnier. Il n'aurait pas parié là-dessus, seule Mona l'avait pensé ou pressenti. Elle avait eu raison comme toujours.

— Très bien, allez border vos protégés, ensuite venez me faire ce rapport. Je vous attends dans mon bureau dans une heure.

Il fit mine de tourner les talons, mais se ravisa, dardant son regard d'aigle sur le jeune dragonnier.

— Et enlevez ces choses ridicules du dos de ces dragons !

Exactement une heure plus tard, pas une minute de moins ou de plus, Sky se tenait dans le bureau de Tar'dva, fièrement campé dans ses bottes luisantes ou pas un grain de poussière ne venait en ternir le lustre. Sa cape sombre retombait en plis harmonieux sur ses épaules, tandis que l'aigue-marine qui ornait le pommeau de son épée bâtarde jetait des éclairs bleutés dans toute la pièce. Son regard azuréen brillait d'une semblable intensité. Les mâchoires serrées sans qu'aucun muscle de son visage ne frémisse, il s'appliquait à ne laisser transparaître aucune sorte d'émotion. Tar'dva songea en son for intérieur qu'il y réussissait plutôt bien. Ses longues jambes sévèrement bottées, posées nonchalamment sur son bureau en chêne patiné, il se tenait rejeté en arrière sur sa chaise à haut dossier, se balançant sans y prendre garde, considérant son subordonné d'un œil froid, déstabilisant. Sky ne bougea pas. N'exprima aucune gêne, pas même un clignement de paupières qui eut trahi une quelconque anxiété. Satisfait de ce long examen, Tar'dva fit de cette voix coupante qui lui était usuelle :

— Alors ce rapport Éclaireur...

Sky s'avança d'un pas, claqua sèchement des talons avant de lâcher d'un ton tout aussi froid que celui de son supérieur :

— Ne pourriez-vous pas, pour quelques minutes, laisser tomber votre rôle ? Vous n'étiez pas forcé de la frapper, Nor' est votre fille elle n'est pas seulement un dragonnier qu'il faut mettre au pas !

Tar'dva se redressa avec cette vivacité effrayante qui lui était propre, tandis que le mufle monstrueux de son dragon apparaissait par une ouverture donnant sur l'extérieur. Sky avait conscience du risque, il savait que l'un et l'autre pouvait et aurait le droit de le tuer. Néanmoins il ne baissa pas le regard, soutenant celui obscur et glacial du Capitaine. Il s'attendait à ce que l'immense dragonnier lui fonde dessus, comme il l'avait déjà fait bien des années auparavant, mais il ne s'attendait certes pas à ce que Tar'dva éclate d'un rire froid, cynique :

— Vous êtes courageux, il n'y a pas à dire, mais vous ne comprenez pas grand-chose. Oui Nor' est ma fille, mais je suis avant tout son Capitaine, son supérieur, avant d'être tout autre chose pour elle. De plus ne pas savoir durant toutes ces années ce qu'il était advenu d'elle, vous ne pouvez imaginer ce qu'il en est... Mais tant que vous n'aurez pas d'enfant vous ne pourrez comprendre de quoi je vous parle...

Sky fit un pas de plus, sortant un épais carnet de sous sa veste en cuir. Il le tendit à son Capitaine, tout en disant d'un ton étrangement sarcastique :

— Voici le rapport de Nor', elle y travaille depuis des mois. Vous verrez que je peux parfaitement saisir votre position.

Tar'dva feuilleta machinalement le carnet stupéfait de n'y voir que des dessins.

— Qu'est-ce que c'est que ça ?

— Son rapport. Le mien sera oral, alors elle a pensé qu'illustrer mes paroles serait la meilleure des explications.

Il ajouta ensuite d'un ton moins sec :

— Nous avons beaucoup à dire, le Roi devra connaître notre rapport, rencontrer les émissaires du Roi des nains, Tarquin le Pourfendeur de Géants, mais avant tout prenez le temps de parcourir ce que Nor' a fait pour vous. Je peux revenir d'ici une heure, je pense que Nor' sera suffisamment remise pour vous parler. Dans son état il n'était pas recommandé de voler aussi longtemps pourtant elle tenait tant à venir sitôt qu'il a été possible de le faire. Rien n'aurait pu l'en empêcher, même pas l'avis des guérisseurs qui lui recommandaient la prudence.

Tar'dva arqua un sourcil interrogateur, l'air subitement moins âpre, presque soucieux :

— Nor' est souffrante ?

Un demi sourire flotta une seconde sur le visage de Sky, qui fit seulement :

— Non, absolument pas, mais mieux vaut que ce soit elle qui vous en parle.

Puis claquant des talons, saluant roidement d'un poing sur la poitrine il s'éclipsa, laissant son supérieur interloqué, le carnet à dessins entre les mains. Tout cela n'avait rien de conventionnel, rien de ce qui touchait Nor' ne l'était d'ailleurs ! En soupirant Tar'dva reporta son attention sur les croquis, les paysages merveilleusement réalisés dans de fines et délicates aquarelles, des portraits au fusain, des scènes guerrières où ne manquait plus que l'odeur lourde et métallique du sang... Au milieu un dessin d'enfant malhabilement esquissé représentait trois personnages de style bâton se tenant par la main, derrière deux vagues taches, l'une rouge et l'autre bleue, devaient représenter Lyra et Vâlvătaie. Faisant face au dessin enfantin un simple croquis au fusain d'une toute petite fille aux yeux rieurs et aux joues rebondies avec au-dessous un mot : Victoire.

Tout cela était étrange, cependant absorbé par la contemplation des dessins Tar'dva ne vit pas le temps passer, déjà on toquait à la porte. Il referma sèchement le carnet, se redressant tout aussi vivement. Il intima l'ordre d'entrer. La porte s'ouvrit, laissant entrer Sky toujours impeccablement sanglé dans son rutilant uniforme en cuir, accompagné d'une toute jeune femme à la longue chevelure blonde cascadant sur ses épaules graciles, tandis qu'une robe en velours mordoré mettait en valeur l'éclat de ses yeux, le modelé fin et délicat de son visage.

Elle s'accrochait à lui, les traits visiblement tirés et fatigués. Un bras passé autour de sa taille il la soutenait avec une tendresse manifeste et une inquiétude non feinte. Il lui glissa quelques mots dans une langue étrange, semblable à un roulis de cailloux. Elle secoua la tête tout en lui renvoyant un sourire. Il se pencha vers elle posa un baiser rapide dans le creux de son poignet avant de saluer sévèrement le Capitaine, se retirant avec une réelle grâce. Nor' le suivit du regard puis elle se tourna vers Tar'dva, vers son père. Lentement il se leva, sidéré et quasiment sans voix. Nor' était là, plus belle et éclatante qu'elle ne l'avait jamais été. Pour se donner une contenance, il laissa abruptement tomber :

— Est-ce là une tenue Maître archer Nor' ?

Elle pinça les lèvres, mais refusant de se laisser déstabiliser, elle répliqua d'une voix presque douce :

— La meilleure et la plus confortable qu'il soit ! Oui tout à fait ! Je ne mets l'uniforme qu'essentiellement pour voler.

Elle ajouta d'un ton un brin mutin tout en passant une main sur son ventre déjà bien arrondi :

— Et puis regardez vu ma circonférence mieux vaut que je m'étale dans des vêtements plus adaptés !

Ce n'est qu'alors qu'il remarqua sa grossesse cependant bien avancée. Il pâlit subitement, trop effaré pour parvenir à le cacher. Comme glissant sur le plancher elle s'avança vers le bureau, de cette démarche si semblable à la sienne, un sourire dansant sur ses lèvres. Le soleil accrochait des lueurs dorées dans ses cheveux retenus en un vague chignon par une barrette en forme de dragon ; une mèche pâle, blafarde, tranchait dans tout cet éclat. Au vue de sa mine stupéfaite, elle se retint d'éclater de rire.

— Allons vous pensez bien que pendant tout ce temps nous n'avons pas fait que guerroyer ! Nous avons mené une guerre certes, mais pas que ça...

— Il est toujours amoureux de toi ? s'étonna Tar'dva dans une sorte d'étrange révélation.

— J'espère bien ! Je sais qu'on dit qu'avec le temps les sentiments s'émoussent, mais j'ose rêver qu'il n'en est rien.

S'avançant encore, elle désigna le carnet.

— Vous l'avez parcouru n'est-ce pas ? J'y ai représenté le Royaume des nains, c'est un pays de montagnes et de forêts. Un pays magnifique. Le Roi Tarquin nous a offert une forteresse vous l'avez vue aussi, elle se trouve sur la pointe extrême d'un éperon rocheux. Elle est idéale pour les dragons. Sky y a apporté beaucoup d'améliorations. Il est toujours en train d'inventer ou de perfectionner quelque chose... En feuillant ces dessins vous avez vu celui que Victoire a fait spécialement pour vous, pour mère et vous. Elle dit qu'il représente notre famille donc cela doit être vrai. Je vous ai fait un portait d'elle, même si je suis plus douée pour les paysages, je voulais que vous puissiez déjà la voir.

— Arrête Nor' ! De quoi parles-tu ?

— De Victoire, notre fille à Sky et moi-même. Elle a presque trois ans. Elle est née peu après la signature du traité de paix, après l'exécution du Roi géant Senid le Visionnaire ainsi que celle des traîtres nains qui avaient dévoilé le secret du fer. La guerre était finie c'est pourquoi nous avons tenu à lui donner ce nom : Victoire... Sur bien des points cela semblait approprié en fait.

Pris de court, une lueur stupéfaite, incrédule, traversa son regard d'ordinaire impénétrable tandis qu'il passait machinalement une main couverte d'un lacis de fines cicatrices dans ses cheveux bruns, coupés courts suivant la rigoureuse discipline. Avec une étrange douceur, la jeune femme se pencha, lui prenant sa main entre les siennes si petites et pourtant si rudement habituées à manier arcs, épées et arbalètes.

— Cessez d'être furieux je vous en supplie. En passant la Cordillère j'ai trouvé un monde, j'ai trouvé une vie où j'ai ma place. J'ai le meilleur compagnon qui soit, une petite fille si adorable que même vous, vous allez en devenir gâteux, je vous le promets ! De plus j'ai le plus extraordinaire dragon qui existe, le seul dragon mimétique. Alors je vous en prie cessez de faire cette tête-là !

Lentement il se leva, tenant toujours les mains de sa fille. Un fin sourire dévoila ses dents de loup, cependant qu'il faisait d'un ton étonnamment affectueux laissant pour une fois tomber sa froide carapace :

— Je n'ai pas été un très bon père n'est-ce pas...

Elle lui renvoya un sourire hésitant tandis qu'elle se nichait dans ses bras.

— Vous avez fait ce que vous pouviez.

Il la serra contre lui, respirant l'odeur tiède et tendre de sa nuque, si infiniment soulagé de l'avoir là, bien vivante entre ses bras. Elle leva la tête vers lui, son regard tournoyant hésitant entre rire et larmes. Elle ajouta alors du ton rebelle qu'il connaissait si bien :

— Mais à votre décharge vous avez été le meilleur chef dont on puisse rêver ! Et peut-être allez-vous vous rattraper en tant que grand-père ?

S'avisant de son expression, elle éclata de rire tout en lâchant :

— Non en fait je ne crois pas !

Tout à coup il joignit son rire au sien. Sa fille était revenue, plus rien d'autre n'avait d'importance.

# Épilogue

Un vent frais venu du plus haut des cimes de la montagne s'enroula autour des jambes de la jeune femme, faisant virevolter un instant le fin lainage de sa robe. Elle se tenait accoudée au parapet en pierres grises, finement sculptées en colonnes joufflues. Le soleil montait à l'horizon, embrasant peu à peu le ciel de rouges et de pourpres.

La jeune femme repoussa machinalement une mèche blonde rabattue sur son visage par la brise, absorbée par la magnificence du miracle matinal. Dans les ténèbres qui refluaient, une escouade d'une demi-douzaine de dragons volait en formation serrée. La grâce de leur vol était presque hypnotisante. Après une inspection nocturne les Aspirants et leur Enseigne revenaient à la Forteresse faire leur rapport à leur supérieur, le Lieutenant Sky. Ils étaient les premiers chanceux à pouvoir effectuer leur formation dans le royaume des nains, là où on affirmait que la bière coûtait moins cher que l'eau et qu'elle était plus abondante !

— Nor' ! Nor'...

La jeune femme sursauta en entendant son nom, se tournant avec une souplesse étonnamment peu humaine.

— Eh bien tu rêvassais ma chérie ? Curaj s'est éveillé et hurle de famine, fit une mince Domna en robe rouge, en s'approchant d'elle, tentant de calmer un gros bébé furieux, tout aussi rouge que sa robe en velours.

— Oh merci mère ! Je regardais juste le retour de nos jeunes dragonniers après leur première sortie nocturne, expliqua Nor' tout en attrapant son fils furibond.

Elle s'installa dans un fauteuil en osier débordant de coussins multicolores, mettant rapidement le furieux au sein. Comme s'il avait toujours était un bambin idyllique, ses pleurs et hurlements se tarirent instantanément. Il se mit à téter avec une gloutonnerie qui expliquait l'ampleur de ses joues et de son ventre grassouillet. Les deux femmes le contemplèrent sans mot dire pendant quelques minutes, attendries par sa voracité. Commençant à se rassasier il ouvrit de grands yeux d'un bleu très pur, regardant sa mère avec ravissement.

— Il a les mêmes yeux que toi petite, remarqua Mona, la mère de la jeune femme. Peut-être les gardera-t-il bleus, qui sait ?

Nor' haussa vaguement une épaule tout en tapotant les fesses du bébé :

— S'il ne devient pas dragonnier...

Se perchant à moitié sur le muret, à moitié sur le parvis rocheux, une longue et fine dragonne d'un rouge saisissant se métamorphosa, faisant sursauter la jeune femme, qui grommela :

— Oh Naluca arrête de faire ça, c'est désagréable !

La dragonne ricana, indifférente à toute humaine remarque hors celles de sa bien-aimé dragonnière, Mona la gardienne du Crystal.

— Je suis une dragonne de feu je vais et je viens à ma guise, gente Domna ! Quant à cette petite chose il a peu de chance d'échapper à son destin, tu le sais bien.

Ses bottes en cuir claquant sèchement sur la roche, un grand dragonnier au regard azuréen s'avança vers le petit groupe. Il darda un coup d'œil incisif à l'escouade des dragonniers encore en vol, avant de se pencher vers Nor', lui adressant un sourire fugace bien que très tendre, tout en remarquant d'un ton un brin moqueur :

— À force de manger cet enfant va devenir aussi large et énorme qu'un nain…

Sa jeune compagne le poussa d'une bourrade faussement furieuse, tout en s'exclamant :

— Absolument pas ! Il deviendra un grand et fort dragonnier, c'est ce que Naluca vient de nous prédire.

— Si c'est ce que dit Naluca… Mais laissons-le grandir. Bon je vais voir mes dragonniers, ils semblent tous être revenus de leur première nuit, ce qui est déjà pas si mal…

Il se pencha vers Nor' l'embrassa fugitivement avant de gagner d'un pas vif l'intérieur de la haute forteresse se dressant derrière eux, cramponnée en nid d'aigle à ce pan de montagne.

Nor' le suivit du regard tandis que le bébé s'endormait en bavant.

— Tu es heureuse ici n'est-ce pas ? murmura sa mère avec douceur, dans ce qui était moins une question qu'une affirmation.

— Oh oui, je crois. J'ai trouvé ma place... Et puis il y a Sky donc où qu'il soit je m'y sentirai chez moi, tu comprends ça n'est-ce pas ?

Mona hocha la tête tout en renvoyant un sourire complice à sa fille. Elle qui avait renoncé à son propre monde ainsi qu'à tout ce qu'elle connaissait uniquement par amour.

— Oui je comprends bien évidemment...

Tout soudain une minuscule fusée blonde fonça en criant, traversant le parvis en galopade de toute la force de ses petites jambes. Toujours hurlante elle se jeta sur sa grand-mère.

— Grand-Mère, Grand-Mère, tu ne pars pas hein ! Tu restes avec nous !

Mona prit la fillette dans ses bras, tout en chuchotant.

— Ne t'en fais pas Victoire, je reste encore tout aujourd'hui. Nous irons cueillir des primevères sauvages toutes les trois avec Naluca comme je te l'ai promis. Et puis je reviendrai, c'est facile. Je ne peux pas laisser ton grand-père tout seul, qu'en penses-tu ?

La petite fit une sorte de moue en serrant les mâchoires ce qui n'était pas sans rappeler sa mère et par là Tar'dva lui-même, tout en observant avec un bon sens admirable :

— Bah grand-père n'est pas tout seul il a tous les squadrons de dragonniers avec lui !

Les jeunes femmes s'entre-regardèrent avant d'éclater d'un même rire. Au même instant l'escouade des dragonniers atterrissait en un kaléidoscope de bleu, de vert et de brun tandis que le soleil illuminait l'horizon en une promesse d'une délicieuse journée. La brise elle, s'enroula en frémissant autour des oriflammes qui ondoyaient sur la haute tour du donjon, réunissant en un même mouvement les couleurs du royaume des nains et celles de Terra Draco.

Cet ouvrage a été imprimé via CreateSpace
Illustrations couverture : CC0, Pixabay, PublicDomainPictures
Montage couverture : Evan Leirah
Police lettrines : Beauty initiale, CC0
Police couverture : Arial ; Imperator, CC0
Dragon bas de page et première de couverture : OpenCliparts-Vectors, CC0
Dépôt légal : été 2017